僕のスライムは世界最強2

A L P H A L I G H T

空 水城
Mizuki Sora

アルファライト文庫

シャルム・グリューエン&レッドアイ
冒険者ギルド職員のクールな女性。
従魔は悪魔種のレッドアイ。
ペルシャ・アイボリー&シロ
魔石鑑定士のお姉さん。
神獣種のホワイトキャット、
シロを従魔にする。
クロリア・ハーツ&ミュウ
ルゥとパーティーを組む少女。
従魔のミュウは回復や支援が得意な
ハピネススライム。
CHARACTERS

クル
『虫群の翅音(インセクターズ)』のリーダー。
クイーンホーネットを従(したが)える。
ルゥ・シオン&ライム
ちょっと気弱な
駆(か)け出し冒険者の少年。
従魔(じゅうま)のライムは【捕食(ほしょく)】
スキルを持つスライム。
ファナ・リズベル
ルゥの幼馴染(おさななじみ)の女の子。
冒険者として有力パーティーに
所属している。

テイマーズストリート

1

微かな風が森の木々を揺らし、ざわめきが穏やかに広がる。

木漏れ日が降り注ぐ中、僕は背中に温かい光を浴びながら身を屈めていた。

地面に落ちた茶色の結晶に手を伸ばし、一つ摘む。

僕はルゥ・シオン。生まれ育ったパルナ村を出て冒険者になった僕は、依頼を受けてスライムの従魔──ライムと一緒に森に来ている。

地面に転がっていた数個の茶色結晶をすべて小袋の中に収めたところで、後ろから一人の少女が手元を覗いてきた。

僕のパーティーメンバー、クロリアだ。

両肩で揺れる黒髪のおさげ。胸に抱えたピンク色のスライムは、彼女の相棒、ミュウ。

「結構集まりましたね」

つぶらな瞳で袋を見つめながら微笑む彼女と目を合わせ、僕は頬を緩めた。

「うん、そうだね」

僕はガラッと音を立てて小袋を掲げる。

パンパンに膨らんだそれを眺めて、頭上のライムが嬉しそうにしているのが分かる。

初心者におすすめと言われて僕らが受けた依頼は、ある周期ごとに森に出没する植物種のモンスターを討伐するというものだ。

そのモンスターの名前は『ウィザートレント』。自立歩行する樹木型のモンスターで、人よりも若干背が高く、枯れ木のような肉体と側面から伸びる数本の蔓が特徴だ。

倒すと奴らが落とす茶色の魔石が、討伐の証明になる。

回収を終えて立ち上がると、同じくらいの目線になったクロリアが問いかけてくる。

「確か、クエストクリアは十匹分でしたっけ？」

「うん、そうだよ。もう二十個は集まってると思う」

再び小袋を揺すって、魔石の数を強調する。

ライムとミュウが健闘してくれたおかげで、討伐はかなりはかどった。おそらく、どちらか一方でも欠けていたら達成できなかったと思う。そんな、見事な連携だった。

魔石を確認したクロリアは、笑みを深めてコクリと頷いた。

「では、そろそろ戻りましょうか」

「うん」

僕たちは森の出口に向けて歩きはじめる。

ここはグロッソの街の東にある森……冒険者試験にも使われた場所だ。

だから、僕たちの試験のときに討伐対象だったマッドウルフも度々襲ってくる。

無事にウィザートレントの討伐を済ましたけれど、気を抜かないように警戒しながら歩かなければならない。

しかし、あまり気を張りすぎるのも良くないと思い、なんとなしにクロリアに話を振った。

「それにしても、初心者用クエストっていう割には、ちょっと手こずっちゃったね。確かウィザートレントのランクはEで、レベル10じゃなかったっけ？」

「はい、そうですよ。でも、私はその情報よりも少し強く感じました」

あっ、やっぱりクロリアも同じだったんだ。

ウィザートレントには強い生命力に敏感に反応する性質があって、森を通る人たちがよく襲われると聞く。

触れた相手の生命力を吸い取るスキルを持っていて、鞭のように伸びる蔓は確かに厄介だ。

レベルは10ながらランクは下から二番目のEと低く、攻撃パターンも単純なので、僕たちみたいな新人が討伐する対象としては打ってつけのモンスターとされている。

だから僕は、思いの外苦戦したことに違和感を覚えた。

最初はライムの【限界突破】だけで倒せると思っていたが、体当たりを数回当ててもまだ倒れず、結局最後は【分裂】と【自爆遊戯】を併用して片をつけた。

クロリアと回復魔法が使えるミュウがいたからいいものの、【分裂】の多用はライムの負担が大きくなる。そこまでしなくては倒せないウィザートレントが初心者向けというのは、どうも腑に落ちないのだ。

それとも、僕たちの戦い方がまだなっていないのかな？

ちなみに、冒険者の間ではレベル10は『ビギナーズライン』と呼ばれていて、すべてのモンスターに共通するレベルアップの境界線になっている。

そこから上はレベルが上がりづらくなったり、何か特別な経験をしたりしなければ強くなれないらしい。

だから、一般的な野生モンスターのほとんどがレベル10（ビギナーズライン）を越えることはないのだと、冒険者になったときにギルドの受付を務める——シャルム・グリューエンさんが教えてくれた。

もっとも、特別な環境にいるモンスターはこの限りじゃないし、同じレベル10でもランクによって強さはまちまちだ。

ちなみに、レベル20が『ミドルライン』、レベル30が『マスターライン』と呼ばれていることも最近知ったばかりだ。学ばなければならないことは戦闘だけではないと改めて思い知らされる。

「私たち、まだまだ新人冒険者ってことですかね？」

まるで僕の心中を覗いたように、クロリアが苦笑した。

先ほどの会話の続きだと気付いた僕は、同じく苦笑いして応えた。

「たぶんね。でも、僕たちが協力して欠点を補い合えば、充分戦える。それに、まだこれからだよ。少しずつ強くなろう」

「はい！」

気合充分な僕たちの声に、お互いの相棒も元気な鳴き声を上げた。

今日もなんとか依頼達成。

これが今の僕らの日常。

二人と二匹だけの小さいパーティーながらも、コツコツと依頼をこなし、宿代とご飯代を稼いで、毎日四苦八苦している。

苦しいのは確かだけど、パルナ村では絶対に味わえなかったこの日常は、僕を飽きさせることがない。

これも英雄たちの通った道なんだと思えば、不思議と楽しく感じられるし。

こうして今日も無事に仕事を終えて、クロリアたちと談笑しながら帰路に就いた。

冒険者試験に合格し、念願の冒険者の仲間入りを果たしてから、早くも一週間が経った日のことだった。

＊＊＊＊＊

この一週間で僕たちが達成した依頼は、大小合わせて十以上はあるだろう。

数だけを見れば、新人冒険者らしからぬ好成績だと言える。

森の中でモンスターと戦ったり、街の中を駆けずり回って探し物をしたり、時には街から離れた山で泥だらけになりながらアイテムを採取したり。

しかし、やはりまだ新人冒険者。ランクも最低の銅級なので、威張れることは何もない。

冒険者にもモンスターと同じようにランクが存在する。

A～Fまであるモンスターとは違い、冒険者のランクは銅級、銀級、金級のたった三つだ。

それによって受けられる依頼も違ってくるし、銅級というランク付けをされている限り、新人らしさはつきまとう。

では、どうすれば立派な冒険者になれるかというと……依頼五十回クリアにつき一度受けられるという昇格試験に合格するか、何か大きな功績をあげてギルドに認められて階級を上げてもらうしか方法はない。

僕はそんな話を聞いて、当分は銅級冒険者として頑張っていくことになりそうだと嘆息した。

英雄までの道のりは長い。

本日もその一歩を着実に踏みしめて、僕たちは街へと帰還したのだった。

報告のために冒険者ギルドに戻り、受付にいる赤髪の女性のところに一直線に向かう。

「シャルムさん、ただいま戻りました」

「んっ？　あぁ、君たちか」

声を掛けると、何かのお仕事中だったらしいシャルムさんが振り向いた。

ここ一週間でそこそこの数の依頼をこなしたけど、決まって僕らはシャルムさんに手続きをお願いしている。

ウィザートレントの依頼も、今朝彼女からの紹介で受注したものだ。

「ウィザートレントの討伐依頼、完了しました」

「うん、ご苦労様。さっそく討伐証明の魔石を見せてもらおうか」

後ろにいるクロリアに目配せすると、彼女は腰に下げた袋の紐を解き、受付カウンターの上に置いた。

たいていの討伐依頼は数が指定されていて、今回は十匹以上倒せばクエストクリア。そこからは五匹倒すごとに報酬が上乗せされていくという形式だ。

シャルムさんは袋から一つずつ魔石を取り出して数えていく。

「……二十四分か。ずいぶん頑張ったみたいだな」

魔石をすべて卓上に並べた彼女は、称賛の言葉を送ってくれた。

「い、いえ」

「これだけ討伐したなら、報酬もその分高くなる。よくやってくれた」

赤髪のシャルムさんは、麗しい微笑を僕たちに向ける。

反射的に僕はさっと顔を伏せた。僕のこの反応も毎度のことだ。

心地好いんだか悪いんだか……クールで美人なシャルムさんと話していると、いつもよく分からない気持ちにさせられる。

もじもじしながら佇んでいると――

「では、その報酬についてだが……んっ？」

突然、シャルムさんが訝しげな反応を見せた。

目を細めて、カウンター一面に並べられた魔石をじいっと見つめている。

ただでさえ迫力のある赤い瞳が、ますます怖い印象に変わっていて、僕は恐る恐る声を掛けた。

「ど、どうかしましたか？」

「……いや」

小さく呟くシャルムさんだが、確実に何かある様子だ。

彼女はそのまましばらく魔石を見つめながら、顎に手を当てて思案する。

時折カウンターから魔石を摘んでは光に透かして、まるで鑑定でもするかのように眺めている。

我慢できなくなった僕は、再びシャルムさんに声を掛けた。

「あ、あのぉ……シャルムさん？」

「すまない。この討伐依頼の報酬、少し保留にさせてもらっていいかな？」

「えっ？」

なんで突然そんなことを？

思わず疑問を口にしそうになるが、冒険者ギルドの職員である彼女の決定に無闇に反対するのは賢い態度とは言えない。

しかし理由がさっぱり分からない。

彼女の言うとおり保留するにしても、僕の独断では決められないので、振り返ってクロリアの反応を確認する。

彼女は一瞬きょとんとしたが、すぐにこくこくと頷いてくれた。

同意が得られたところで、僕は遠慮がちに疑問を投げかけた。

「か、構いませんが、いったいどうして……？」

「いや、私の取り越し苦労ならそれでいいのだが、少々気になることがあってね……」

その言葉を聞いて、僕は思わず苦笑する。

「もしかして、僕たちが持ち帰ってきた魔石、全然違う物でしたか？」

「えっ……あっ、いや、そういうわけではないよ。これは間違いなくウィザートレントの魔石だ。というか、そんなことは討伐した君たち自身が一番分かってるだろう？」

「は、はぁ……」

僕たちを安心させるように、優しく微笑むシャルムさんに、僕はただ曖昧な返事をすることしかできなかった。

なんだかよく分からないけど、とりあえず彼女に任せておくのが良さそうだ。

ここ一週間でシャルムさんの仕事ぶりは存分に見てきた。

無駄のない動きと疲れを見せない姿。明らかに他の人よりも数段優れているであろうことは、疑う余地もない。

僕は疑問を振り払って、笑みを浮かべる。

「それじゃあ、僕たちはもう帰ります。後がつかえて受付を混雑させてしまうのは忍びないので」

「あぁ。報酬を後回しにしてしまって申し訳ない。また明日、受付に来てくれ」

「はい」

しっかり頷いた僕は、終始頭の上で静かにしていたライムと、後ろに控えているクロリアたちを連れて、混雑しはじめたギルドを後にした。

人混みから抜け出た僕たちは、思わずぷはっと息を吐く。

「なんだったんでしょうね？」

ギルドの建物に視線を向けたクロリアが、小さく首を傾げた。

「さぁ？　でも明日になれば分かるでしょ。さっ、宿に戻ってご飯にしよう。ギルドの酒場で食べると宿代くらいかかっちゃうし」

それに、今日は報酬が出なかったから、なおさら節約しなくちゃ。

どうやらクロリアも僕の言いたいことが分かっている様子で、後ろ髪を引かれつつも、宿を目指して歩きはじめた。

二人で取っている宿屋の食堂では、ギルドの酒場には及ばないものの、それなりに美味しいご飯を出してもらえる。

値段も半分以下だし、宿の利用者は割引でさらにお安くなる。

今日は何を食べようかな？

やっぱり日替りのメニューが量も値段もお得だから、いっそ二人でそれにして……

パルナ村にいたときとはまるで違う波瀾万丈な日々だけど、節約志向だけはまったく変わっていないのは、喜ぶべきなのか悲しむべきなのか。

晩ご飯のメニューを考える傍ら、ポケットの中の財布の軽さを意識して、僕は小さくため息を吐いた。

当面の目標は、強くなることでも、冒険者ランクを上げることでもなく、お金の確保にするべきかもしれない。

＊＊＊＊＊

宿屋『芽吹きの見届け』。

木造三階建てで、古めかしさよりも味わいを感じる外観だ。

二階と三階はすべて宿泊部屋になっており、僕とクロリアもそれぞれ部屋を取っている。

一階にはそこそこ広い食堂があって、宿を取っていない人も利用できるのが親切なところだ。

僕たちは今、その食堂で夕飯を食べている。

僕とライムが丸パンと野菜スープのセット。クロリアとミュウは鳥肉を丸々豪快に焼いたもの。

この一週間行動をともにして、彼女たちのことをかなり理解できた。

ミュウは最初の印象通り天然で、時折ライムが熱の籠もった視線を向けても、まるで気にする様子がない。終始笑顔を絶やさず、二重の意味でみんなを癒やしてくれる。

クロリアは最初の印象通り恥ずかしがり屋で、人と話すときなんかはもじもじして上手く声が出せなくなることが多い。

しかし何よりも意外なことに、二人とも男性冒険者が目を丸くするほど大食いだ。

彼女たちと一緒に食事をするときは、毎度その食べっぷりに驚かされている。

もちろん今日も。

クロリアとミュウが、名称不明な鳥料理を満面の笑みで頬張っているところを見て、僕は思わず固まってしまう。

ミュウに気があるライムですら、呆気にとられて目を点にするほどだ。

確か彼女たちの故郷の村は、戦闘能力の高いモンスターを呼び出し、強いテイマーを輩出することで有名だったはず。

クロリアはその恩恵にあやかれず、可愛らしいミュウを召喚してしまったけど、血の気の多い村人の特性はしっかり受け継いでいるのだろうか？　なんとも不釣り合いだが。

手に持った丸パンのことも忘れて、しばし呆然と彼女たちを眺めていると、きょとんと首を傾げられてしまった。

僕は〝なんでもない〟と首を横に振って、食事を再開する。

たぶん栄養は身長やお腹の方ではなく、全部別のところに持っていかれてるんだろうなあ……なんて不謹慎なことを考えていると、思わず胸元に目が行きそうになるが、慌てて視線を逸らす。

なんとなしに食堂の壁を見ていると、そこに掛けてある額縁に目が留まった。

中には白い紙が一枚。何か文字が書かれていて、見たところ、誰かのサインだと思われるが、独特の崩した書体で、遠くからだと読み取れない。

僕は、卓上の水差しを取り替えに来た食堂のおばさんに、興味本位で声を掛けた。

「あの、おばさん」

「はいよ。どうした？」

「あそこに飾ってあるサインって、誰のものなんですか？」

おばさんは首を巡らせて額縁に目を向ける。

ここに泊まるようになって以来、何回かこの食堂を利用している。

そのたびに目につき、ずっと気になっていたのだが、いつも聞くタイミングを逃していた。

もし読んだことのある冒険譚の英雄のものなら、夢に出てくるくらい目に焼き付けておこう。そうじゃなくても、名の知れた凄腕のテイマーさんのものかもしれないし。

僕は密かにわくわくしながらおばさんの返事を待つ。

このとき僕は、そのサインが最近書かれた真新しいものだと気付いていなかった。

「あぁ、あのサインね。あれはファナ・リズベルちゃんのものだよ」

「ごほっ……！」

スープの野菜が喉につっかえた。

「ど、どうしたんですか、ルゥ君⁉」

「ゴホッゲホッ！　な、なんでもない……」

いや、なんでもなくはないんだけど。

巨大な肉料理を頬張りながら心配してくれるクロリアに、僕は右手を上げて〝大丈夫〟と合図する。

幼なじみのファナのサインが、なんでここにあるんだ？

冒険者ギルドに勧誘されて街に出た彼女が、どうしてサインなんか書いてるんだろう？

見ると、隣で食事をしていたはずのライムは、瞳をキラキラさせてサインを見つめていた。

むせ込んでいた僕が落ち着いたタイミングを見計らって、おばさんは話を始めた。

「ファナちゃんはこのグロッソの街で冒険者になって、少しの間ここのギルドで活動をしていたんだよ。そのときに利用していた宿が、うちさ」

そんなおばさんの情報に、僕ではなくクロリアが反応を示す。

「へぇ〜、そうなんですかぁ」

「えっ？ クロリアは、ファナの……ファナ・リズベルのこと知ってるの？」

「はい。もちろんですよ」

こいつはびっくり……と、僕は目を丸くする。

ファナってそんなに有名になっちゃったんだ。

この一週間、街で暮らしてきたのに、全然噂は耳にしなかったけど、クロリアが知っているってことは、僕が思っている以上の知名度なんだろうな。

これをパルナ村のみんなが聞いたらなんて言うか……

そんな考えを巡らせていると、クロリアがファナについての情報を、なぜか得意げに話しはじめた。

「わずか十五歳にして、冒険者ギルドの本部から直々に勧誘を受けたドラゴンテイマー。冒険者になったその日に、色んなパーティーから引く手数多で、この街の近辺ではかなり有名な方ですよ。私たちと同い年だというのに、すでに冒険者ランクは銀級だとか」

「へ、へぇ〜」

なんだか事実だという実感が湧かず、聞けば聞くほど〝誰のことやら？〟と思えてくる。

「あれ？ じゃあ、今、ファナはどこに……？」

「さあ、分かりません。ですが、噂だとどこかの有力パーティーに加入して、すでにこの街は離れたとか」

「……そ、そう」

僕は密かにがっかりする。

このところ、冒険者試験や自分自身のことに必死だったけど、そもそも僕がこの街まで急いでやってきたのは、ファナに会うためだ。

結局会うことはできなかったけど。

でもまさか、ファナがサインを求められるほどの有名人になっているなんて思わなかった。それに、同じ宿屋を利用していたとは……。色々びっくりしすぎて疲れた。

気持ちと頭の整理のために、ふぅーっと一息吐く。

すると正面のクロリアが、頬張ったお肉をもぐもぐしながら問いかけてきた。

「ルゥ君はファナさんのこと知らなかったんですか？」

「えっ……？　あっ、うん、まあ……そうだね」

「知らない方が逆に驚きですよ。少しは情報収集のためにギルドの掲示板をご覧になってはどうですか？　そうでなくてもファナさんは同業者ですし、噂は自然と耳に入ってくると思います」

「ま、まあそうだよね。でも僕、ああいう掲示板っていうか、細かい文字を読むのが苦手で……。物語だったら大歓迎なんだけど」

苦笑しながらそう言うと、クロリアは〝典型的な男の子って感じですね〟と愉快そうに笑った。

再び巨大なお肉に食いつきはじめた彼女を見て、思わず〝そっちは例外的な女の子だね〟と返しそうになったけど、それは喉の奥に引っ込める。

「……噂ねぇ」

そういえば、野生のモンスターにちょっとした異変が……なんて噂もあった気がするな。

僕はテーブルに頬杖を突いて先ほどまでの会話を思い出す。

どこかの有力パーティーに入ったらしいファナ。会えるのはまだ先かな。

まあ、有名人になってしまったのなら、街中で見かければ周囲の人の反応で自然と目につくだろう。

僕は彼女に会える時を楽しみにしつつ、残りの野菜スープを一気に飲み干した。

＊＊＊＊＊＊

翌朝、頭にライムを乗せた僕は、ミュウを抱えたクロリアとともにギルドの前で立ち尽くしていた。

建物の中を覗き、首を傾げる。

今日も元気に依頼を受けようと意気込んで来たのだけれど、なんだか受付のお姉さんたちの様子がおかしい。

何かのイベントでもあるのか、朝にしてはとても慌ただしい雰囲気だ。

忙しいなら出直した方がいいのかも……そう不安になりながら佇んでいると、ちょうど入口前を通りかかったシャルムさんと目が合った。

「んっ？　あぁ、君たちか。おはよう、来てくれてよかった」

……来てくれて？

挨拶を返しながら、どういうことですか？　と視線で問いかける。

すると彼女は、ちらりと受付を一瞥してから言った。

「話したいことがあるんだよ。昨日のウィザートレント討伐の件だ」

僕は〝あぁ〟と思わず声を漏らす。

そういえば、昨日シャルムさんの判断で報酬は保留になっていたんだ。貴重な収入源だというのに、忘れかけていた。

まあ、昨日は色々あったから仕方ないけど。

周りが騒がしいことはいったん置いといて、前のめりに聞く。

「そ、それで、報酬は……？」

「まあ、そんなに慌てるな。こんな場所ではなんだし、奥で話そう」

そう言ってシャルムさんは、僕たちを受付カウンターの前に案内してくれた。

入りづらかったけど、彼女の赤髪の背中に隠れるように、ちょこちょこついて行く。

いつもの場所で対面すると、彼女は報酬の入った小袋をカウンターの上に置いた。

「ウィザートレント計二十四の討伐で、報酬は一万五千ゴルドだ」

「は、はい。ありがとうござい……？」

さっそくそれに手を伸ばしたが、掴む寸前で僕は固まる。

一万五千ゴルド？　聞き違いかな？　彼女が口にした金額に引っ掛かりを覚えて、僕は眉を寄せた。

「ちょっと、高すぎませんかね？」

伸ばした手を弄びながら、上目遣いに問いかけた。

「……？　嫌なのか？」

「い、いえ、そういうわけではなくて」

ぶんぶんと激しく首を振って否定する。

報酬が高いことは問題ない。むしろ喜ばしいことだ。

本来なら他の仕事と掛け持ちでやりくりしてもおかしくない新人冒険者なのだから、収入が増えるに越したことはない。

だけど、この金額はちょっとどころではないレベルで高い。

むむむと眉間にしわを寄せていると、そんな僕に代わってクロリアが口を開いた。

「この前見た他のパーティーは、私たちと同じようにウィザートレントの討伐をして、確か……計二十五匹で一万ゴルドくらいだったと思いますが、どうして私たちだけ……」

僕らの疑問に対して動じるでもなく、シャルムさんは平然とした態度で返す。

「私は別に君たちを優遇しているわけではない。単に、正当な評価としてこれだけの報酬額をつけたんだ」

「正当な……評価？」

その答えにますます首が傾く。

クロリアの言ったパーティーを参考にすると、普通なら僕たちの報酬は一万以下……だいたい八千ゴルドくらいのはずだ。それが倍近くまで膨れ上がるとは、いったいどんな評価を受けたんだろう？

「昨日、君たちからウィザートレントの魔石を受け取ったとき、私は違和感を覚えて報酬を保留にした」

「は、はい」

「そしてその後調べてみたところ、私の見立て通り、あの魔石は普通のものとは違う代物だったのだ。いや、魔石というよりは、その宿主……ウィザートレントの方がな」

「……？」

僕は変な魔石が少し交ざっていたのかと考えていたけど、まさか魔石ではなくその宿主が、シャルムさんの違和感の原因だったとは。

では、僕たちが倒したウィザートレントは何が違ったのだろう？

いまだに疑問が晴れずにいる僕とクロリアに、シャルムさんは逆に質問を投げかけてきた。

「昨日、奴らと戦っているときに、何か気付かなかったか？」

「えっ……？　えっと……」

「たとえば、少しだけ強く感じたとか……」

「あっ！」

彼女の言うとおり、昨日は敵が少しだけ強く感じた。

初心者用モンスターと呼ばれている割には厄介で、意外と手こずってしまったのだ。

僕はそのときのことを思い返しながら語る。

「確かにそんな感じはしました。情報ではレベル１０のはずなのに、体感としてはもうちょっと上の……レベル１３、４くらいだと」

「あぁ。まさに敵が強くなっていたんだよ。通常ならビギナーズライン（レベル１０）で止まっているはずのウィザートレントが、その境界線を越えてレベルが上昇していた。原因は不明だが、このような事態は今回が初めてではなく、最近は度々発生している。そのせいで魔石の換金レートや討伐報酬の変動が激しくてな……。だから昨日、報酬を保留させてもらったのだよ。こうした事態を受けて、現在ギルドは大忙しだ。今日は特にね」

シャルムさんはギルド内を見渡しながら言う。

昨日もなんだか混雑していたし、今日も朝から騒がしいのはそれが原因だったのか。

この辺りで討伐依頼を完了した人たちの報酬に変動があるせいで、現在ギルドの受付はごたごたしているというわけだ。

そういえば最近、この近辺のみならず、野生モンスター全体に異変が起きているという噂が立っている。

昨日のウィザートレントの件もそれに該当するなら、噂は本当だったのかな？

でもいったい、なんでそんな事態に？

無意識のうちに深い思案にふけっていると、不意にとんとんと背中をつつかれた。

振り向くと、クロリアが〝受け取らないんですか？〟と、目の前の報酬を指差して聞いてくる。

僕はすっかり忘れかけていたそれに手を伸ばし、シャルムさんに会釈して受け取った。

受付カウンターの奥に目を向けると、酒場よりも一層慌ただしくギルドの職員さんたちが走り回っていて、見るからに忙しそうだった。

シャルムさんも同様に、僕の視線を追ってちらりと振り返ると、肩をすくめて言う。

「とまあ、色々と大変な事態になっている。対応が安定するまで、最低でもあと一週間はこれが続くだろう。……そこで、君たちにお願いがあるんだが」

『……？』

突然改まった様子でそう言われて、僕とクロリアはきょとんと首を傾げる。

「いや、お願いと言うと私的な頼みのようになるか。そうではなくて、君たちにギルドから直々に依頼があるんだよ」

「ギ、ギルドからの依頼、ですか？」

「あぁ」

シャルムさんはしっかり頷きながら、カウンターの裏から革袋を取り出した。

報酬用として用意されたものよりも、大きくて頑丈そうな袋だ。

カウンターの上に置かれたそれは、ごとごと、じゃらじゃら、という乾いた音を立てる。

「ここらで取れた魔石を、ある場所に持って行ってもらいたい」

赤髪のクールな受付さんは、少し真剣さを増して言う。

「魔石……ですか？」

「あぁ」

僕は、卓上の袋とシャルムさんを交互に見て眉を寄せる。

彼女は袋の口を緩めて、中を見せてくれた。

袋にはざっと大小様々な魔石が三十個以上詰まっていて、種類も豊富なようだ。

見覚えのあるものもいくつかあるので、この辺りで取れる魔石が集まっているのだろう。

これをどこかに運ぶ、ってことでいいんだよね？

ギルドから直々に指名してくれるのは嬉しいけど、新人冒険者の僕たちに指名依頼が来るなんて、どういうことだろう？

それに、なぜ魔石を運ぶ必要があるのか？

二つ返事で了承したい気持ちを抑えつつ、遠回しに理由を探ってみた。

「荷運びの依頼なら、専門の人に頼んだ方が……」

たとえば、僕とライムがこの街に来るときにお世話になった魔車とか。

その方が断然速いし、たぶん報酬金も安く済む。

冒険者に払う依頼料は専門の人に頼むよりも高くつく場合が多いから。

そんな僕の心中を察して……いや、元々そういう反応を予想していたのか、シャルムさんは明らかに用意していた回答を口にした。

「魔石は高価な換金アイテムでもある。悪人に嗅ぎつけられて運び屋を狙われでもしたら、魔石が奴らの酒代と化してしまう。それに、中には荷物を掠め取るあくどい運び屋もいる。こういう内々の依頼は、ギルドで顔を合わせている冒険者が一番いいのだよ」

妙に早口で言われてしまった。

しかしそれならば……と、僕は率直に思ったことを口にする。

「なら、僕たちよりも強い冒険者に頼むべきじゃ……」

「依頼を受けるのが嫌なのか？」

「そ、そういうわけではなくて……ただ、不思議だったので」

焦って手をぶんぶんと振る僕を見て、シャルムさんはふっと表情を綻ばせた。

「いや、すまない。少し意地悪だったな。新人冒険者の君たちが、突然指名を受けて依頼されたなら混乱するのも無理はない」

「い、いえ……」

「今回君たちがこの依頼に選ばれたのは、別に成績がいいからとか実力があるからというわけではないよ。この件が私に回ってきたから、独断で君たちを選んだのだ。そう気を張る必要はない」

……独断？　それはつまり、シャルムさんがこの依頼を僕たちに任せたいと思ってくれたということなのかな。

「魔石を運んでもらう先は、ある街にいる魔石鑑定士の所だ。名前はペルシャ・アイボリー。このあたりでは唯一の魔石鑑定士で、魔石鑑定の依頼はほとんど彼女のところに送られている。そこで、グロッソの街周辺で取れたこの魔石たちを鑑定してきてもらいたい。

頼めるかな？」

まるで子供にお使いを頼むかのような調子で依頼されてしまった。

依然として、シャルムさんが僕たちを選んだわけは分からないけど、依頼の内容は理解した。

魔石鑑定士とは、従魔の力を使って魔石を鑑定し、その効果や価値、どんなモンスターが宿していたのかなどを詳しく調べてくれる人だ。

従魔の力と同様、魔石は僕らの生活に必要不可欠な存在だから、このような魔石鑑定を専門にする人が少しずつ増えてきているという。

世の中にはモンスターそのものを鑑定するスキルもあるみたいだが、だいたいの野生モンスターのレベルは、魔石鑑定によって割り出されている。ウィザートレントも同様だ。

今回の『野生モンスターのレベル変動事件』の調査に魔石鑑定士の力が必要なのは、僕でも分かる。

シャルムさんは真剣さを増した表情で続けた。

「野生モンスターのレベルが変動してしまったせいで、色々な混乱が生じている。そこで、魔石鑑定士のペルシャ氏に魔石を精密鑑定していただき、グロッソ周辺のモンスターの正確なレベル、スキル、魔石レートを詳しく知るというのが、今回の目的だ」

改めてそう言われて、僕は冷や汗を流す。

思った以上に大事になっているようだ。

この依頼も、シャルムさんが言うような気軽なものだとは思えない。

「う～ん……」

眉間にしわを寄せて唸ってしまった僕を見て、シャルムさんは一瞬だけきょとんとする。

「まだ頼まれた理由に納得できない様子だね」

「は、はい。どうして僕たちなんだろうって……」

シャルムさんは顎に手を当ててふむと頷く。そして、なぜか髪色と同じ赤に頬を染めて、今まで見たことのない妖艶な笑みを浮かべて言った。

「私が君のことを、深い意味で信頼しているからだ」

「えっ……」

……えっ……えっ……えええ⁉

という絶叫は、一瞬で元に戻ったシャルムさんの真顔に遮られてしまった。

「ま、冗談は置いておくとして……他にも頼める冒険者はいないでもないのだが、生憎その者たちはこの街の周辺で強くなったモンスターたちを討伐するので忙しくてな、手の空いていそうな君たちに頼んだのだよ」

ふっと悪戯な微笑を浮かべてそう言われてしまった。

僕は呆けたように口を開けて、数秒固まる。

なるほど。結局、この魔石運びの依頼は、手の空いている冒険者なら誰でもよかったということだ。

シャルムさんにこの一件が回されたのなら、いつも彼女に受付をしてもらっている僕たちにこの話が来たことも自然な流れかもしれない。

大人の女性にからかわれた僕は、小さくため息を吐きながらうなだれる。

その様子を後ろで見ていたクロリアが、僕の顔を覗き込んで声を掛けた。

「……ルゥ君？」

「…………ううん。なんでもない」

僕はすぐさま立ち直り、一つ咳払いを挟んで言う。

「ま、まあ、そういうことでしたら、受けないわけにはいかないですけど……」

「……まだ何か不満が？」

「い、いえ、不満というか、不安というか……」

シャルムさんの言うように、腕の立つ冒険者はここら辺で強くなったモンスターを狩らなければならない。ならば僕たちが適任というのは分かるけど、なかなか踏ん切りがつかない。

腕組みをしながらうう～んと唸っていると、シャルムさんが思い出したように口を開いた。

「あぁ、ちなみに、魔石鑑定士がいる街は……テイマーズストリートだ」

それを聞いた途端、僕の唸り声がピタリと止まる。

シャルムさん、僕、クロリアの間にわずかな静寂が訪れた。

僕は口を閉ざし、石のように固まった。

それを不思議に思ったのか、女性二人が怪訝そうに僕の顔を覗き込もうとする。しかし
それよりも早く、僕は大声で叫んだ。

「テ、テ、テ、テイマーズストリートですか⁉」

「あ、あぁ……」

僕の叫びにシャルムさんは若干引き、後ろのクロリアは驚いて小さく後退った。

先ほどまでの葛藤をすっかり忘れて、僕は捲し立てる。

「う、受けます！　受けさせてください！　魔石運びの依頼！」

「えっ……あ、あぁ。よろしく頼む」

僕の態度が突然変わったことに、シャルムさんは目を丸くする。

「あのぉ、ルゥ君。テイマーズストリートになんの用があるんですか？」

クロリアが遠慮がちに僕に聞いてきた。

驚く僕とは正反対に、彼女はどこか冷めた表情をしている。

「えっ⁉　いや、なんの用って、そりゃ……！」

僕は彼女に、テイマーズストリートに行きたがっている理由を熱弁した。

テイマーズストリート。

世界最大の都市とまで言われている、一流テイマーたちが集うテイマーのための街。

テイマーのための商店街、テイマーのための学校、テイマーのための闘技場などが集まり、年中お祭り騒ぎの都市だ。

冒険者ギルドの本部も設置されているので、冒険者が集う街と言い換えることもできる。

そして僕が愛読している冒険譚でも中心になっている街で、英雄たちの逸話も数多く語られている。

だからこそ、僕は人生で一度はその街に行ってみたいと思っていた。自分の相棒を連れて、その街をテイマーとして歩いてみたいと。

そんな思いを長々と語っていると……

「そ、そうですか……」

クロリアに苦笑いされてしまった。

見ると、彼女の腕の中にいるミュウはすぴーすぴーと寝息を立てはじめ、対して僕の頭上にいるライムは目を輝かせて話に耳を傾けていた。

男の子と女の子では感じ方が違うのだろうか。

そんな僕たちのことを静かに見守っていたシャルムさんが、咳払いで僕らの注意を引いた。

「ごほん……では、行ってくれるのだな？」

「は、はい！　行かせてください！　いいよねクロリア？」

「えっ……は、はい。構いませんけど」

パーティーメンバーの了承も得た。

これで念願のテイマーズストリートに行ける。

興奮（こうふん）を隠しきれずにソワソワしていると、シャルムさんがカウンターの上の袋を差し出してきた。

「で、これが運んでほしい魔石だ。大きな魔石も入っているから、結構重いぞ。鑑定結果はこのギルドで私に直接報告してくれ。依頼の報酬は、魔石の返還（へんかん）を確認したら渡そうと思う。それでいいかな？」

「はい！」

僕は大きく返事をして、多種の魔石が入った袋を受け取る。

正直（しょうじき）、結構重たい。でもテイマーズストリートに行けるなら、どうってことはない。

僕は肩に掛けたカバンに袋をしまうと、すかさずクロリアの手を取った。

「えっ？　ちょ、ルゥ君……」

戸惑（とまど）うクロリアをよそに、僕は元気よくシャルムさんに言う。

「それでは、行ってきます！」

「あぁ、頼んだぞ」

彼女のその声に背中を押されて、僕はクロリアの手を引いてギルドを飛び出した。

わわっ、と驚いた声を上げる少女とともに、目的地に向かって走り出す。

早く行きたくて仕方がない。

グロッソの街の東にある、テイマーズストリートへ！

こうして僕たちは、野生モンスターのレベル変動事件の対処のため、テイマーズストリートを目指すことになった。

2

広くて見晴らしのいい草原を、一本の街道が貫いている。

まるでフリーハンドで描かれた線のように所々で蛇行しながら、地平線の先に消えていく。

その道の上で僕たちは、進路の先に立ちふさがる野生モンスターと対峙していた。

前衛にライム、中衛に僕、後衛にクロリアとミュウという布陣で、敵を睨みつける。

「ライム、【限界突破(リミットブレイク)】！」

「キュルキュル！」

僕の声に反応して、ライムは水色の体を真っ赤(まっか)に染める。

そして前方の敵に向かって駆け出した。

「ブルル！」

素早い動きが特徴の小さな猪(いのしし)は、スモールボア。この辺りではよく出没するモンスターで、人を見かけると潰(つぶ)れた鼻を突き出して突進してくる。

その例に漏れず、眼前の小猪は、短い足を動かして疾走(しっそう)してきた。

ライムとスモールボアが急接近する。見たところ、速さはライムが勝(まさ)る。

瞬間、後方から少女の声が響いた。

「ミュウ、ライムちゃんに【ブレイブハート】です！」

「ミユミユウ！」

次(つ)いで可愛らしいモンスターの鳴き声が聞こえると、ライムの体が薄赤い光に包まれた。

「キュル！」

その現象に後押しされるように、ライムは俊敏(しゅんびん)なステップで小猪の突進を躱(かわ)す。

そしてがら空(あ)きになった奴の脇腹(わきばら)に、すかさず真っ赤な体で激突した。

「キュルル！」

「ブルッ！」

ドスッと鈍(にぶ)い音とともに、スモールボアの小さな体は吹き飛んで、草むらを何度かバウンドした後、鮮(あざ)やかな光の粒(つぶ)となって消えた。

【限界突破(リミットブレイク)】と【ブレイブハート】の合わせ技による、超威力(いりょく)の体当たり。

最近また強くなったライムだけど、さらにそこにスキルの威力と支援(しえん)魔法が重(かさ)なっては、スモールボアもひとたまりもなかったらしい。

スモールボアの消滅(しょうめつ)を見届けた僕は、赤いライムを数回撫(な)で、後ろのパーティーメンバーと手を打ち合わせる。

「お疲れ」

「はい、お疲れ様です」

彼女の声に相槌(あいづち)を打つように、胸に抱えられたミュウも鳴き声を上げた。

グロッソの街を出発してから二日。

途中にあった小さな村で休憩(きゅうけい)を挟みつつ、僕たちは目的地であるテイマーズストリートを目指して歩いていた。

空は快晴(かいせい)。時折吹き抜けるそよ風は気持ちよく、見晴らしのいい草原の景色は僕たちの目を飽きさせない。

しかし、かれこれ二時間も歩き続けている。

背中のカバンに詰めた魔石は重いし、モンスターもたくさん襲い掛かって来るので、正直しんどい思いをしていた。

でもまあ、一つ前の村で聞いた話だと、次の村からテイマーズストリート行きの魔車が出ているそうなので、それまでの辛抱だ。

心中で自分を奮い立たせながら、僕はスモールボアが落とした魔石を拾い上げる。

普段なら、魔石は討伐依頼の証明としてギルドに差し出してしまうが、今回の目的はテイマーズストリートに行くこと。

道中で手に入った魔石は僕たちの自由にしていい。

換金するか普通に使うか。どちらも魅力的な選択肢ではあるが、一応ここまでで入手してきた魔石は、次の村で換金するために、別の袋にしまってある。

僕は拾ったスモールボアの魔石を、そのまま相棒のライムに差し出してみた。

何気なく、ちょっとお試しするような感じで。

しかしライムは特に興味を示さず、ぷいっと顔を背けてしまう。

やっぱりダメか……と、僕は小さなため息を漏らした。

「あれ？　ライムちゃん、魔石食べないんですか？」

肩越しに見ていたクロリアが、首を傾げて聞いてくる。

僕は困り顔で頷いた。

「うん。なんか最近はずっとこんな感じで」

ライムは【捕食(ほしょく)】というレアスキルを持っている。

魔石を食べることで、そのモンスターが宿していたスキルを発現できるというものだ。

以前クロリアにそのことを話したら、〝すごいですねライムちゃん！〟と、大声で褒(ほ)めてもらった。

しかし、ライムは最近その魔石をまったく食べてくれないのだ。

まるで小さい子供が嫌いな食べ物から、目を逸(そ)らすかのように。

「前は普通に食べてくれたのに」

僕は自分の右腕に浮かび上がるライムのステータスに視線を落としながら、再びため息を吐く。

名前：ライム
種族：スライム
ランク：F
Lv：12
スキル：【捕食(ほしょく)】【分裂】【限界突破(リミットブレイク)】【自爆遊戯(デッドリーボム)】【威嚇(ハウル)】

厳しい冒険者試験を経て、僕はさらにライムの成長に意欲を高めた。

【捕食】のスキルで得た【威嚇】が起死回生の一手となったことで、スキルの重要性を深く理解したから。

しかしながら、試験を終えてから今日までの間、ライムが発現したスキルはゼロ。

手に入れた魔石を片っ端からライムに食べさせようとしたのだが、ライムは嫌がって一つも口にしてくれなかったのだ。

いったいどうして食べてくれなくなったのか？

理由は定かではないが、ここ最近は魔石を見るだけで目を逸らしてしまう。

せっかくテイマーズストリートに向かう道中で魔石がたくさん取れるのに。

ちょうど【限界突破】が切れたライムのことを見つめながら、僕はため息を吐く。

そこにクロリアが再び問いかけてきた。

「以前はこういうこと、なかったんですか？」

「えっと……あぁ、あったよ。村を出るちょっと前にね」

懐かしきパルナ村の光景を思い出しながら話す。

それは、ライムと一緒に初めて討伐依頼を受けたときのことだ。

【捕食】のスキルに気がついた僕は、その効果を利用するためにカムイおじさんに魔石はないかと尋ねた。

するとカムイおじさんは白くてまん丸の魔石を取り出してくれて、僕はそれをライムに食べさせようとした。

ところが、ライムは顔を逸らしてその魔石を食べてくれなかったのだ。

僕はてっきり、ゴブリンを倒したときと同様に、パクッと食べるものだと予想していたのだが。

今思い当たるのはそれくらい。

僕はついついカムイおじさんにもらった石が本当に魔石なのかどうか疑ってしまったが、今思えば、あのときからライムの魔石嫌いが始まっていたのかもしれない。

ちなみに、そのときもらった魔石は、今もお守り代わりにカバンに入れてある。

僕は話し終えるのと同時に、カバンからお守りの白結晶を取り出した。

「それがそのときの魔石ですか？」

「そうそう。ライムが食べてくれなかったから、本当に魔石かどうか分からないけどね」

白結晶を日の光に当てるように掲げる。

見ただけでは魔石かどうかは判断できない。

何か特別な力を発揮してくれれば魔石だと分かるのだが、残念ながらこれにはなんの力も宿っていないらしい。

久しぶりにこの石もライムの前に持っていってみたけど、〝キュルゥ〟と露骨に嫌な顔をされた。

その姿をじぃーっと見ていたクロリアが、何か閃いたような声を上げる。

「あ！　もしかして、お腹がいっぱいなんじゃないですか？」

「えっ？」

お腹がいっぱい？

「でも、お昼ご飯はまだ……」

「い、いえ、そういう意味ではなく、【捕食】のスキルとしてお腹がいっぱいなんじゃないかと」

「……？」

再度そう言われるが、しかし僕にはどうも理解できなかった。

そんな僕の反応を見た彼女は、ごほんと一つ咳払いをして、改まった様子で説明を始める。

「モンスターの魔石を食べることでその相手のスキルを発現できるのが【捕食】でしたよね。なら、ライムちゃんが魔石を食べてくれないということは、単純にお腹がいっぱいに――スキルがいっぱいになったんじゃないでしょうか？」

スキルが……いっぱい。

その言葉でようやくピンと来た。

つまり、ライムにとって魔石は普通に食事をして膨れるお腹とは、言ってしまえば別腹で、今はそちらのお腹がいっぱい――スキルがいっぱいになっているということだ。

「じゃあ、またお腹が空けば、魔石を食べてくれるってこと？」

「お、おそらくは。ただ、ここ最近ずっとこの状態が続いているのなら、単に時間が経つだけではダメなのかもしれませんね」

「何か条件があるってことかな？」

僕とクロリアは同時にライムに目を落とす。

ライムが魔石を食べてくれるとき。それは何か条件が整っている状態ということだ。

最初に【捕食】のスキルを発動させたのは、ゴブリンの魔石で【限界突破】を発現したとき。その次は――僕は実際に見ていないんだけど――クレイジーボムの魔石を食べて【自爆遊戯】のスキルを得たときだ。

時系列的には、この後カムイおじさんからもらった魔石を食べさせようとして、失敗している。

でも、冒険者試験中に三人組に襲われて窮地に陥ったときは、マッドウルフの魔石を食べて【威嚇】を発現してくれた。

いったいどういうことなのだろう？

それらに条件があるとしても、まったく見当がつかない。

れるはずだ。

でも、もしその条件をクリアできたら、カムイおじさんにもらったこの魔石も食べてく

条件……何か条件は……？

僕が頭を抱えていると、クロリアから質問の声がかかった。

「最後に魔石を食べたのはいつですか？」

「えっ？」

彼女も僕と同じように思案してくれているようだ。

僕は人差し指を顎に当てつつ答える。

「えっと、冒険者試験中にマッドウルフの魔石を食べたとき……って、これはクロリアも見てたよね」

「はい。それが最後ですか？」

「うん、たぶん」

それ以降、ライムはまったく魔石を食べてくれなくなったんだ。

逆に言えば、それ以前も、しばらくの間ライムは魔石を食べてくれなかった。

あの瞬間、冒険者試験中に三人組の参加者に襲われて、起死回生の一手が欲しいときに、タイミング良くライムの〝お腹が空いた〟のか？

……分からない。

混乱する僕と違って、クロリアは現段階での情報を整理しながら話を続ける。

「マッドウルフの魔石を食べたとき――つまり、三人組に襲われているときはお腹が空いていて、冒険者試験の前はお腹がいっぱいだったと。もしかしたら、ちょうどその間に……三人組に襲われる前のマッドウルフ戦で、何らかの条件を満たしたんじゃないんでしょうか？」

「マッドウルフ戦？　って、僕たちが初めて協力した戦いだよね？　それが影響して【捕食】のスキル保有枠が増えたってこと？」

「おそらく。まあ、何が影響したのかは分からないですけど」

そう言って、クロリアは難しい顔で肩をすくめた。

僕は目を閉じてそのときのことを思い出す。

瞬間、脳裏をピリッと何かがよぎった。

「いや、影響ならあったよ。マッドウルフ戦を経て、ライムは確かに変わった」

「えっ？　それって……」

首を傾げるクロリアに、僕は確信を持った視線を向ける。

考えられるのは、たった一つ。

「レベルアップだよ」

「レベル……ですか？」

さらに疑問符を浮かべる彼女に、僕は頷きを返す。

「あのとき、マッドウルフを倒してライムのレベルが一つ上がったんだ。具体的には9から１０に」

「そ、そうだったんですか。でも、今までも何度かレベルは上がったはずでは？」

「確かにそうだけど、レベル5から9の間は、カムイおじさんからもらった魔石を食べてくれなかった。でも、レベル１０だと、新しい魔石を食べてくれた。あのときは必死だったからあんまり考えてなかったけど、たぶんそれがスキルを得るための条件だったんだよ」

「……可能性は、高いですね」

クロリアはおさげを揺らしながらこくこく頷く。

思い返してみれば、ライムが【捕食】のスキルを発動したタイミングは、レベルに何か関係がある気がする。

【限界突破(リミットブレイク)】を発現したときはレベル2。

【自爆遊戯(デッドリーボム)】を発現したときはレベル5。

【威嚇(ハウル)】を発現したときはレベル１０。

もし出会った直後、レベル1の状態から【捕食】のスキル枠が一つあったのだとしたら、その後は5レベルごとに新しいスキルを覚えている。

仮にこれが正確な条件なら、ライムはレベルが5上がるたびにスキル枠が……クロリア風に言うなら、お腹が空くということになる。

この見解を彼女に話してみると――

「では、レベル15になれば、また魔石を食べてくれるようになる、ということですか？」

「た、たぶんね。もしそれが正しければだけど」

僕たちは再びライムに目を向けた。

先ほどは魔石を嫌がって顔を背けていたけど、今は元通り可愛らしい目でこちらを見つめ返している。

僕はそんなライムを抱き上げて、頭の上にちょんと乗せた。

「まあ、それは追々分かってくるでしょ。とりあえずは、無闇に魔石を食べさせちゃダメってことだね」

「そうですね。数が限られているなら、慎重に選ばなきゃダメですもんね」

そう結論付けた僕たちは、再度テイマーズストリートを目指して歩きはじめた。

満腹状態と空腹状態。

まさか【捕食】のスキルにそんな条件があるとは思わなかった。

でも言われてみれば、食べるという意味の【捕食】に限界があるのは当然のことのように思える。

どんな生き物でも食べればお腹は膨れる。

ましてライムは、モンスターと呼ぶには相応しくない可愛い系の小動物だし。

何はともあれ、これからは慎重に【捕食】のスキルに向き合わなければならないようだ。発現できるスキルの数が決まっているなら、不要なスキルでその枠を無駄にはしたくない。

どんな魔石を選ぶべきなのか、それを考えるのもなんだか楽しそうな反面、下手もできないとなると、自然と緊張感が湧いてくる。

これはテイマーの腕の見せどころかな。

でもこいつ、勝手に魔石食べちゃうしなぁ……

僕は頭上の相棒を意識して、嬉しさと不安が入り混じったため息を盛大に吐いた。

3

見上げると、空が紺色に染まっていた。

寂しげな夜の色は、すべての人々を心細くさせる。

普段なら危険に備えて宿屋に引っ込んでいる時間帯に、僕たちは見知らぬ村をトボトボと歩いていた。

ここはテイマーズストリートに向かう途中にある村。

僕の故郷のパルナ村より小さいながらも、静かで住みやすそうな場所だ。

まあ、静けさの半分は今の時間帯に起因するのだろうけど。

夜間は野生のモンスターが活発になるため、ほとんど人が出歩くことはない。

僕たちがそんな時間に頼りない足取りで村を歩いているのも、その野生モンスターが原因だ。

「どこか泊まらせてくれるところはないですかね?」

クロリアが不安げな声を零す。

「ん~、どうだろう?」

周囲に目を配りながら、僕たちは村を歩く。

本当ならここに着いた時点で、テイマーズストリート行きの魔車に乗るはずだった。

ところが、最近は〝野生モンスターのレベル変動事件〟があるせいで、魔車の夜行運転を見合わせているらしい。

まあ、安全を考慮すれば、当然のことと言える。

魔車を引く従魔だって、無敵というわけではない。

だから僕たちは村に留まり、こうして休める場所を探しているのだ。

もう少し早く着いていれば、ぎりぎり夕方便に乗れたかもしれないのに。

今さら後悔しても、もう遅い。

心中で嘆きながら、僕らは宿屋の看板がないか、目を凝らしていた。

すると、クロリアが不意に指を差した。

「あっ、あそこなんてどうでしょう?」

釣られてそちらに視線を移してみると、この時間帯でも明るい建物が見えた。

古めかしい木造二階建ての一軒家だが、まるで人を誘っているかのように扉が開いていて、夜の村に一筋の光を漏らしている。

「ど、どうだろうね?」

見たところ営業中のお店だと思う。

この時間帯に開いているということは、もしかしたら宿屋かもしれない。

たまたま扉を開けっぱなしにしている人様のお家ではないと信じたい。

意を決して、その家に歩み寄ってみる。

玄関から覗き見ると、宿屋っぽい受付カウンターに佇む姉さんが見え、卓上には記名用の紙とペンが置いてあった。

僕はほっと胸を撫で下ろす。

グロッソでお世話になった宿屋『芽吹きの見届け』もこんな感じの受付だった。

大きさは明らかにあちらの方が勝っているけど。

多少の不安を残しつつも、僕とクロリアは相棒を連れて中に入る。

カウンターの裏で何かをしていたらしい受付さんのお姉さんは、若干眠そうな顔を上げてこちらを見た。

「んっ……いらっしゃい」

「あ、あの、ここって宿屋ですか？」

「うん、そうだよ」

失礼ながら、僕が予想していたよりも大分若々しい口調で答えてくれた。

改めて宿屋だと聞かされて、僕はようやく安堵した。

そして、すかさず彼女に言う。

「えっと、じゃあ、一泊お願いしたいんですけど」

「はい、ご利用ありがとう。一部屋でいいのかな？」

「あっ……」

そこで僕は遅まきながら、彼女の位置からクロリアが見えていないのではと気付く。

ちらりと後ろを確認すると、クロリアは僕の背中に隠れて小さくなっていた。

僕は後ろの少女の姿が、受付のお姉さんに見えるように、一歩脇にどく。

「ふ、二部屋でお願いします」

こくこくと、クロリアは首を縦に振って相槌を打った。

相変わらずの恥ずかしがり屋さんだ。一度話せば大丈夫なんだけど。

するとと受付のお姉さんは……

「あっ、二部屋……女の子とかぁ……ごめん、今空いてる部屋は一つだけなんだよねぇ」

「えっ、そうなんですか？」

バツが悪そうに頬を掻く受付のお姉さん。

「そもそも、あんまり人が来ない村だからねぇ。元々部屋は二つしかないんだよ」

「じゃ、じゃあ、もう一つの方は……」

「三十分前くらいに来た若い女の子が入ってるよ。客が来るのも珍しいのに、まさか二組目が来るなんてねぇ」

あははぁ、と苦笑するお姉さん。

いったいこの宿はどうやって経営を成り立たせているのだろうか。

しかし、これは参ったな……

「ちょ、ちょっとすみません」

お姉さんに断りを入れて、クロリアに小声で話しかける。

「ど、どうしよっか？」

「あっ、えっと……」

黒髪おさげの少女は、僕の唐突な問いかけに困った様子を見せる。

困っているのは僕も同じだ。

まさか空き部屋が一つしかないなんて。

改めて言うのもおかしな話だけど、僕たちはもう立派な大人で、男と女なのだ。

だから、同室に泊まるのは良くないと思う。

今までも何度かこうしてクロリアと一緒に宿屋を利用したことがあるけど、いつも別々の部屋で休んでいた。

同じパーティーメンバーなんだからいいじゃん——と、無邪気な発想をしてもいい歳はもうとっくに過ぎている。

あと四、五歳若ければ許される気がするが、そうだとしても気恥ずかしいことには変わりない。

なので、ここは是非とも部屋を分けたいところだ。

しかし空いている部屋は一つ。

お姉さんの話によれば、もう一つの部屋には若い女の子が入っているそうだ。

一瞬、その見知らぬ女の子の部屋にクロリアを送り込むという選択肢が浮上したけど、すぐにこれを振り払う。

それが良くない選択だというのは、クロリアほどじゃないにしろ、人付き合いが苦手な僕には分かることだ。

ならどうするか？　他に宿はなさそうだし……もうこれしかないよね。

「僕は外で休むから、ライムだけでも部屋に入れてもらえないかな？」

「えっ……」

僕の提案で、クロリアが固まった。

僕は頭上のライムを腕に抱えなおして続ける。

「ライムは一応男の子？　だから、ミュウの確認を取ってからだけど」

それを聞いたクロリアは、口をパクパクさせて何か言いたげな様子だ。さらに身振り手振りを加えるが、上手く声が出せていない。

何を伝えたいんだろう？　そう思ったのも束の間、彼女は力なく両腕を下ろしてしまった。

目を伏せて黙り込み、シーンとした気まずい静寂が流れる。

さすがにこれ以上受付のお姉さんを待たせるのは悪いと考えた僕は、カウンターに首を巡らせた。

そのとき……

「わ、わたし！」

「……？」

「わたし別に……一緒の部屋でも……気にしません」

「……えっ？」

驚いて振り向くと、クロリアがわずかに頬を赤く染めて、上目遣いでこちらを見ていた。

思わず疑問に満ちた目で見つめていると、彼女はハッとなって慌てだす。

「あっ、いえ、気にしないっていうのは、単に同じ部屋で休むことを気にしないということであって、別に深い意味はありません。それに、同じパーティーメンバーなんですから、今後もこういうことが増えてくると思います。そのたびにルゥ君が外で寝ていたら、体調を崩して大変なことになってしまいますよ。回復魔法も万能じゃないんですからね。ただ一晩休むだけ。問題はありません。ミュウも気持ちは同じです」

「……………そ、そう？」

合理的な意見を捲し立てられてしまったら、僕に言い返せることはない。

本当にそれでいいのか？　と自問してみるが、女性である彼女がいいというのだからいいじゃないかと、言い訳がましい答えが返ってくる。

それにしても、まさかクロリアが了承してくれるとは思わなかった。

僕のことなんか、男として見てないのかな。

それとも、まさかこういうことには慣れているとか……？

いや、目がきょろきょろ泳いでいる。明らかに動揺した様子だ。

無理をしてまで提案してくれたクロリアに深く感謝しつつ、僕は受付さんに向きなおる。

「す、すみません、お待たせしました。一部屋で大丈夫です」

「そ、そう？」

受付のお姉さんは先ほどの僕と似たような返事をした。

僕は言われたとおりに用紙に名前を記入し、一部屋一泊分の千ゴルドを手渡す。

その間、ライムとミュウはおねむなのか、こくりこくりと舟を漕いでいた。

僕たちの気も知らないで。

ようやく宿泊手続きを済ませると、お姉さんは部屋の鍵とともに、どこか意味ありげな笑みを送ってくれた。

「ご、ごゆっくりどうぞ～」

木の床をギィギィと鳴らしながら、僕たちはお互いに従魔を抱えて部屋に向かう。

お姉さんのあの笑顔に他意はありませんように……と、密かに祈りながら。

僕たちが取った部屋は、二階の奥にあった。

受付から脇の階段を上ると、狭い廊下に扉が二つ。一つ目が入室済みで、二つ目が僕たちの部屋だ。

鍵を開けて真っ先に目に飛び込んできたのは、窓越しの寂しげな夜景。次いで、クローゼットの隣に、足の長い木机と椅子が並んでいるのが見える。

部屋の角には大きなベッドが一つだけ置いてあった。

掃除は行き届いていて綺麗だが、お世辞にも広い部屋とは言えない。

内装よりも機能性を重視しているのだと分かる。

まさに、寝て起きるためだけの部屋、といった感じだ。

……などと、不要な分析をして、無理に思考を逸らす。

僕たちはしばし部屋の入口で立ち尽くした後、諦めてトボトボと中に入った。

どうしてこんなことになったんだっけ？

ベッドは一つ。

まあ、僕は床で寝るとして、ベッドはクロリアと従魔たちに譲ろう。

それ以外に考えるべきことはない。問題はないはずだ。

僕が半ば混乱している間に、クロリアは早々に荷物を置いて、ミュウを連れて一階の水浴び場に行ってしまった。

なんともあっさりした対応で、正直、心にグサッと来ないこともなかったけど……ぶっちゃけ、ここに居られても間が持たなかったので、ありがたい。

でも、この部屋では特にやることがないんだよなぁ。

手持ち無沙汰になった僕は、邪念を振り払うべく装備の点検に取り掛かる。

普段はこんなこと滅多にしないんだけど、今日はまあ特別だ。

まずはおねむのライムをベッドに置き、魔石が入ったカバンを下ろす。

コートや装備類を外してインナーと短パンのみになった僕は、ドカッと部屋の床に座り込み、鞘から木剣を引き抜いた。

ここまで一緒に戦ってきた、二人目の相棒。

乱暴な使い方をしていたから、傷やささくれがひどい。

やすりで削っておいた方がいいんだろうけど、そんなもの持っていないし、今は大した調整はできないかな。

僕は諦めて木剣を部屋の端っこに除けた。

テイマーズストリートに着いたら装備の更新でもしようかな。

さすがに村を出たときと同じ装備のままで、依頼を受け続けるのは危ない気がする。

本物の刃物はやめておくようにカムイおじさんから釘を刺されているけど、防具くらいはしっかりしたものがいい。

なんて、ちょっと冒険者らしいことを考えるけど、軽い財布のことを思い出して、思考を中断した。

装備云々はお金に余裕があるときに考えよう。

結局やることがなくなり、ごろんと床に寝そべる。

ベッドの上を見てみると、すでにライムは小さな寝息を立てていた。

僕も眠っちゃおうかな、やることないし。

ふてくされ気味にそう決めると、僕は瞼をゆっくりと下ろしていく。

しかし、完全に閉じる寸前、クロリアが置いた荷物を視界の端に捉えた。

僕の肩掛けカバンとは違い、腰に巻くタイプの小さなものだ。

あそこには、僕の私物も入れてもらっていたはず。

僕の肩掛けカバンは魔石でパンパンになってしまったので、いくつかクロリアに荷物を預かってもらったんだ。

テイマーズストリートに行けるという興奮から、あまり後先考えずに荷造りしたけど、確か、お気に入りの冒険譚を一冊入れてきたはずだ。

パルナ村の自宅から唯一持ってきた冒険譚。

僕はそれで時間を潰そうと、クロリアのカバンに手を伸ばした。

しかし、女の子の荷物を勝手に漁るのはどうなの？　と、もう一人の自分に囁きかけられて、手を止める。

誰も見ていないからって、さすがにこれはマズイよね……

いや、あそこには僕の私物も入っているから、ぎりぎりセーフなんじゃ……

さすがにクロリアも着替えは別の袋に分けているはずだし、見ちゃいけないものは入っていない……と思う。

何より、彼女たちは今水浴び中で、断りを入れられないんだから仕方がない。

僕はもう一人の自分を打ち倒し、私物を取ることに決めた。

ごくりと一つ唾を呑み、カバンに手を伸ばす。

本を一冊取り出すだけ。それ以外は何も見なくていい。

擦り切れるまで読んだ冒険譚なら、目を瞑っていても余裕で取れる。

そんな自信を抱いた僕は、クロリアのカバンに手を入れて、ごそごそと手探りで中を漁る。

すると、綴じた紙束と、よく知る装丁の革の感触を捉えた。

これだ！　と確信を得た僕は、躊躇なく〝それ〟を取り出す。

もう何十回読んだか分からないけど、この一冊だけはいくら読み返しても飽きないのだ。

僕は目を開けて、取り出したそれを確認する。

何度も目にしてきた薄青色に染められた革と、味のある手書きタイトルが特徴的な表紙。

僕はいつもそれを見て、元気と勇気をもらっていた。

しかし目の前にあったのは、真っ黒な表紙の本だった。

「うわっ！」

てっきり冒険譚を掴んだと思っていた僕は、その黒い本に驚いて声を上げてしまう。

突然の騒ぎにライムが飛び起きてしまった。

そして二人して黒本に目を落とす。

なんだろうこれ？

本にしてはなんだか簡素な気がする。まるで即席の雑記帳。

表紙は黒い革製だけど題字はなく、中は薄い紙を紐で束ねただけの作りだ。

僕はこんな物持ってきた覚えがない。

じゃあ、クロリアの？

ミュウのってことはあり得ないだろう。

手にしっくり来る大きさだったので、てっきり僕が持ってきた冒険譚かと思った。

あっちも本にしては小さめで、似たような作りだ。

目を瞑っていても余裕で……とか思っていたけど、まさかこんな罠が仕掛けられていたなんて。

とにかくこれはクロリアの私物だ。今すぐ戻さないと。

僕は動揺のあまり若干震える手で、黒い本をカバンに入れようとする。

しかし、手が滑って床に落としてしまった。

その弾みで、パラッとページがめくれ、ちょうどペンを挟んでいた箇所が開いた。

マズイ！　と思ってとっさに手を伸ばした僕は、意図せずそのページに書かれた文章を読んでしまった。

『いよいよ試験開始。知らない男の子とパーティーを組みました』

その一文は僕の頭の中で、なぜかクロリアの声によって再生された。

もしやこれは、クロリアの日記？

知らない男の子とパーティーを……って、僕だよね。たぶん、冒険者試験のときのことだ。

クロリア、こんなの書いていたんだ。

たった一行目にしただけで、思考が超高速で回転する。

同時に、偶然手に取った本が彼女の日記だと知り、ますます罪悪感を覚えた。

見ちゃダメだ。すぐに閉じなきゃ。これは絶対に悪いことだ。

そう思う気持ちとは正反対に、僕の目は自然と次の文章に走っていく。

クロリアは、毎日ではなく、何か目立つ出来事が起きるたびに日記をつけているらしい。

全然気がつかなかったけど。

『無事に冒険者試験に合格。まさか本当に突破できるなんて……』

可愛らしい字で書かれた文章は、やはりクロリアの声に変換される。

『……ルゥ君たちと正式にパーティーを組むことになりました。やっぱりあのとき声を掛けてよかったです』

普段は聞けない彼女の本音が、この本から溢れ出ていた。

そろそろ本当にやめなきゃマズイ。

そう思った僕は、視線が吸い寄せられるのをどうにか堪えつつ、ゆっくり日記を閉じていく。

しかし閉じ切る寸前で、次のページがめくれる。

そこに書かれていた一文が目に入り、僕は思わず小さく唸った。

『今日も支援しかできませんでした。私だけ何もやっていません』

これまでとは違って、彼女の弱さが滲み出た文章。

僕はつい、その文に見入って、日記を閉じる手を止めてしまう。

クロリアたちとパーティーを組んでから、数々の敵と戦ってきた。

それらの戦いの中で、彼女が密かに抱えていた悩み。

危ない戦いは何度かあったけど、その役割分担で、これまで勝利を収め続けてきた。

それすらもこの日記の中に、実に丁寧に書き込まれていた。

『試験のときも、ミュウとライムちゃんは従魔として頑張って、ルゥ君はテイマーとして的確な指示を出してくれました。でもやっぱり、私だけ何もしていません』

冒険者試験のときのことを振り返っているのだろうか。

僕の中でおぼろげになりつつある出来事を、彼女は反省と後悔を滲ませながら書いていた。

ミュウとライムが頑張ったのはそのとおりだと思う。

でも、僕が的確な指示を出していたということには、ちょっと頷きがたい。あまりスマートな作戦とは言えなかったから。

クロリアはそのとき、自分だけが何もできなかったと思っているみたいだけど、それを言うなら、僕だって何もしていない。

実際、従魔に比べて人にできることなんてたかが知れている。

僕たちは従魔に指示を出すテイマー。剣や鎧を身にまとって、自ら戦う人なんてごくわずかだ。

だから直接戦闘を従魔に任せるのは仕方がないことで、恥じるようなことではない。

クロリアはクロリアのままでいい、僕はそう思った。

それから僕は不意に、彼女が語った過去について思い出す。

クロリアの出身地のクアロ村は、強い従魔を生み出すことで有名らしい。

ところが彼女は、戦闘向きの従魔を授かれなかったことで、色々と大変な目に遭ってきたそうだ。

だからたぶん、この日記の前の方には、そのときの彼女の気持ちが綴られているんじゃないだろうか。

途端に興味が湧いてくる。

彼女のことをもっと知りたい。

数ページの日記に目を通しただけで、こんなにも仲間のことを知ることができるなんて、思ってもみなかったから。

でも、同時にこみ上げてきた罪悪感と板挟み（いたばさ）みになって、僕は日記を掴んだまま固まってしまう。

そのとき。

ガチャ、という音が後ろから聞こえた。

もしかして……クロリア？

振り向こうとした僕の視界に、さっと何かが閃いた。

気がつけば、手に持っていた本はなくなっていて、目の前には顔を真っ赤にしてプルプルと打ち震えるクロリアがいた。

片手でミュウを胸に抱え、もう片方の手は黒本を掴み上げている。

こちらを睨みつけている瞳は潤（うる）んでいて、今にも泣き出しそうだ。

恥ずかしがっている。そして怒っている。

そう直感した僕は、慌てて頭を下げた。

「ご、ごめんなさい！　勝手に日記を取り出して！　盗（ぬす）み見るつもりはなかったんだけど……」

じっくり見ておいてよく言うと、自分でも思う。

この状況でそんな言葉、信じてもらえるわけがない。

初めて見るクロリアの怒り顔を前に縮（ちぢ）こまっていると、彼女は黙って目を伏せてしまった。

そのままどさっと床にへたり込み、開かれた日記のページを見つめている。

誰だって、人に秘密や弱みを知られるのは嫌なはずだ。

僕の前では常に笑顔で、落ち込んでもすぐに立ち直っていたクロリアだからこそ、今の状況が恥ずかしくてたまらないだろう。

やがて彼女はおもむろに日記を背中に隠すと、居心地（いごこち）悪そうに身をよじった。

そんな姿を見て、ぼくの胸中を罪悪感と後悔が満たす。

大切なものを勝手に見てしまった。

彼女の気持ちも知らずに日記を読み進めてしまった。

いくら謝（あやま）っても許されることじゃない。

それでも僕は、何か言わなければいけないような焦りに駆られて、気付けば口を開いていた。

「あ、あのね、クロリア……」

「……？」

突然声を掛けられたクロリアは、困惑気味に小首を傾げながら顔を上げる。

僕はどう謝るべきか悩んだ。

挙句、僕の口から出たのは、謝罪でも言い訳でもなく……なんとも場違いで、突拍子もない台詞だった。

「クロリアの役目は支援と回復なんだから、無理に戦おうとしなくても大丈夫だよ」

「えっ？」

「人にできることなんて限られているし、無理に戦いに参加しなくてもいい。自分にできることをちょっとずつ探していけばいいよ。何より、クロリアは……女の子なんだから」

「……は、はい」

なんの脈絡もない助言に曖昧に応えながら、クロリアは目を見張って驚く。

なんでこんなことを言ってしまったのか、自分でも分からない。

それでも僕は、先ほど知った彼女の悩みを思い、力強く告げた。

「前にも言ったけど、僕たちが協力して欠点を補い合えば、充分戦えるよ。だから、少しずつ強くなろう」

「……あ、ありがとう……ございます」

僕の少し照れくさい助言を聞いたクロリアは、体を縮こまらせて再び顔を伏せてしまった。なんだか若干頬に赤みが差している気がする。

こんなので慰めになるとは思えないけど、少しでも彼女の心を軽くできたならそれでいい。

何より、これは事実だ。

何か言わなければと思った僕の口から、自然と出てきた素直な助言。

クロリアはよくやっている。戦う力がない身で戦場にいるだけでも大した度胸だし、彼女に助けられた場面だって多々ある。

それに、僕だって本当に、ただのお喋り人形だ。

口だけ動かして、戦闘のほとんどをライムに任せている。

だからこそ、僕はクロリアと一緒に、少しずつライムたちのように強くなっていければいいと思った。

日記を見られた彼女ほどではないにしろ、僕も素直な気持ちを話して、顔を熱くする。

でも、それは悪い気分ではなかったので、自然と頬が緩んだ。

しかし……顔を伏せていたクロリアが口を開いた。

「と、ところでルゥ君……」

「んっ、何？」

「どうしてこれを読んでいたんですか」

頬を膨らませて、上目遣いでこちらを見ている。

「えっ！　あっ、いや……」

いまだ顔を赤くしているクロリアが、日記帳を僕の前に掲げる。

ジトッという目つきを避ける(さ)ように、僕はそっと彼女から遠ざかり、わざとらしく苦笑した。

「あはは……こ、これには深いわけがあってね……」

暇(ひま)だったからクロリアのカバンの中にある私物を取り出そうとしたら、たまたまこの黒い日記帳を手に取ってしまっただけで……などと、今さら言い訳をしたところで、彼女のジト目が解かれることはなかった。

——女の子の日記帳を勝手に読むなんて最低です。

声に出さずとも、彼女の目を見ただけで、言いたいことはすぐ分かった。

ところで、どうしてクロリアはこんなに早く戻ってきたのだろう？

気になって理由を聞くと、どうやら彼女は水浴びをする前に、受付のお姉さんに声を掛けられて、就寝(しゅうしん)用の毛布を受け取ったらしい。

それを置きに戻ってきてみたら、僕が日記を手にしてるところに出くわした、と。

どうせ片方は床か椅子で寝るんでしょ、というお姉さんの気遣(きづか)いが原因だったようだ。

ありがた迷惑——というのは、この場合誤用(ごよう)になるのだろうけど。

クロリアに冷たい目で睨まれて、そう思わずにはいられない僕なのだった。

4

麗らかな日射しの下。

緑色の絨毯とでも表現すべき広大な草原で、僕たちは三つの影と対峙していた。

針のように尖った青い毛が特徴の、三匹の猪。

一匹は目を見張るほど巨大なボス猪——ラージボア。残りの二匹は取り巻きのスモールボア。

モンスターたちは、鼻息荒くこちらを睨みつけ、今まさに突進しようと、短い足で地面を掻いていた。

魔石移送の指名依頼を受けて三日目の朝。

道中立ち寄った村で一泊し、朝一でテイマーズストリート行きの魔車に乗った。

しかし不幸にも、僕らはしばらく進んだ先で凶暴な野生モンスターに出会って足止めされてしまったのだ。

後ろには魔車とクロリアたちがいることを意識しながら、僕は相棒に向けて声を張り上げる。

「ライム、小さい方から狙え！」

「キュルル！」

すでに【限界突破】を使用しているライムは、赤く火照った体でぴょんと跳ねて、ボスを取り巻く一匹に近づく。

すると奴らの注意がライムに向いた。

地面を踏み鳴らし、猪モンスター特有の事前動作をしていたボアたちは、予想通り突進してきた。

スモールの方はトコトコと小気味よい音を立て、ラージの方はドシンドシンと地面を震わせ、まさに猪突猛進。

その突撃を危なげなく躱したライムは、小さい方のボアに全力の体当たりをした。

スモールボアは吹っ飛び、隣にいたラージボアの巨体に激突して地面に転がる。

しかし、倒すまでにはいかなかったようで、着地したライムは間髪を容れずにそいつを追撃し、ようやく一匹目を仕留めた。

「ライム、下がれ！」

「キュル！」

ラージボアの足元にいたライムを、奴が振り上げた足の影が覆う。

数瞬早く僕が指示を出していたので、ライムは踏みつけ攻撃をぎりぎりで避けて、距離を取った。

そして次の標的を見定める。

再び突進の前動作を始めたボアたち。

ライムは奴らよりも早く動き出し、残ったスモールボアを体当たりで吹き飛ばした。さらに高く跳ね上がり、倒れたボアに落下攻撃を仕掛ける。

まるで赤熱した流星の如く、一直線に小猪の体を突く。

スモールボアは光の粒となって消え、その粒子の中からライムが飛び出してきた。

残りはラージボア一匹。

「ブルル！」

ラージボアは仲間の二匹がやられたことに怒りを感じたのか、一層激しく足を踏み鳴らしてライムに突進した。

しかし、【限界突破】中のライムは容易くそれを躱す。

ライムの横を素通りした大猪は、そのまま弧を描いて軌道修正し、再びライムに突進した。

またも相棒が奴の攻撃を避ける光景を、僕は傍らで想像する。

しかし突然、ラージボアの様子が急変した。

「キュル⁉」

鼻息が一層激しくなったかと思いきや、突進の速度が急激に増した。その変化についていけなかったライムは、球のように撥ね飛ばされてしまう。

今のはもしかして、スキル？

速度上昇か、身体強化のどちらかだ。

高く撥ね上げられた相棒を見て、僕は歯噛みする。

すると、後ろから幼さの残った少女の声が響いた。

「ミュウ、ライムちゃんに【ヒール】です！」

「ミュミュウ！」

可愛らしいモンスターの声と同時に、ライムの体が薄黄色の光に包まれる。

力なく弾き飛ばされていたライムは、回復魔法によって元気を取り戻した。

そして再度、流星のような一撃を、今度はラージボアにお見舞いする。

「キュル！」

ドンッ！と鈍い音が草原に響くと、ラージボアの巨体が地面に横たわる。

しかしまだラージボアは健在。また起き上がられては厄介だ。

僕は、ここが勝負所、最後の一撃と思って、出し惜しみせずに必殺技を使った。

「ライム、【分裂】！分裂ライム、【自爆遊戯】だ！」

穏やかな草原に、一つの爆発音が鳴り響いた。

＊＊＊＊＊＊

「なんだか、敵が強くなってきましたね」

辛(から)くも猪たちに勝利した僕たちは、魔車による移動を再開していた。

寂しいことに乗客は僕たちだけなので、クロリアの声がやけに響く。

僕は膝(ひざ)の上で静かに眠るライムを撫でながら、こくこくと頷いた。

「うん、確かに」

昨日戦ったスモールボアよりも、先刻の奴の方が断然強く感じた。

以前にも何度か戦ったことはある。そのときはライムの体当たり一撃で倒せていたはずが、なぜか今回に限っては二撃入れる必要があった。

おまけに、親玉であるラージボアには、【限界突破(リミットブレイク)】のみならず、切り札(ふだ)の〝分裂爆弾〟まで使わされてしまった。

確か奴らのランクは、スモールがEで、ラージがDだったはず。

そこまで苦戦する相手じゃないと思うけど。

時間が経つほど……というより、グロッソの街から遠ざかるほど敵が強くなっていると感じる。

……思い過ごしだろうか？

クロリアと一緒にむむむと悩んでいると、不意に魔車の外から声が聞こえてきた。

「最近、この辺りもレベル変動の影響を受けてんだよ。おまけに他の地域より顕著にな」

「えっ、そうなんですか？」

魔車を引いている従魔――馬型のモンスター『バリアントホース』の主人であるお兄さんだ。

僕たちの話し声が聞こえたみたいだ。

どうやら先ほどの疑問の真相を知っているらしい彼は、少々声を張って僕たちにも聞こえるように話してくれる。

「グロッソの街の辺りじゃ、せいぜい3レベルくらいの変動しかないだろうけど、ここらじゃもう5、6レベルは当たり前になってんだよ」

「そ、そんなにですか⁉」

「あぁ。さっき戦ったボアたちも、レベル16、7くらいはいってたんじゃないか？」

その情報を聞いて、今さらながら背筋が冷たくなった。

グロッソの街の周辺にいた野生モンスターたちは、せいぜいビギナーズライン（レベル10）を越えたくらいだ。

それなのに、ここらではすでにミドルライン（レベル20）に届きかねないほどの変動が起きている。

もう、一般の人たちが相手にできるような領域ではなくなっているんだ。

それなら、先ほどのボア戦にも納得がいく。

でも、地域ごとにレベルの変動幅に差が出るのはどうしてなんだろう？

疑問符を浮かべていると、再び外からお兄さんの声が聞こえた。

「そのせいで、街の外を走るのは危なくなった。できれば昼間でも街から出たくねえ。まあ、今回はあんたらがいてくれたから助かったけどよ。それにしても、よくスライムであそこまで戦えるな。さすが冒険者だぜ」

「い、いえ……」

突然の褒め言葉になぜか僕が照れてしまい、恥ずかしさを隠すためにライムをなでなでする。

とりあえず、レベル変動事件について考えるには、この依頼を無事に終わらせる必要がある。

今はとにかく集中と警戒。

これほどの規模で発生している事件ならば、また凶悪なモンスターと戦うことになるかもしれないし。

何より、初めての指名依頼だ。冒険者として必ず成功させなければ。

僕たちは一層気を引き締めながら、テイマーズストリート行きの魔車に揺られていた。

＊＊＊＊＊＊＊＊

目の前に広がる絶景に、思わず僕は小さく唸り声を上げた。

同時に、人とモンスターが織りなす喧騒が耳を打ち、胸が躍る。

抜けるような青空めがけてそびえ立つのは、見上げるほど高い謎の建築物たち。

その間を縫う通りには、所狭しと露店や商店が並び、街全体がお祭り騒ぎになっていた。

行き交う人々は屈強。彼らが従えるモンスターも雄壮、端麗。

この街は、活気が爆発している。

「ここが……」

僕は瞳を輝かせながらこの景色に見入る。

まるでおとぎ話の中に入り込んだ幼い子供のように。

「テイマーズ……ストリート！」

気を抜いたら涙が零れてしまいそうだった。

冒険譚を読んで何度も想像してきた、夢の街。

いつか自分の従魔を連れて訪れることを願っていた、憧れの街。

テイマーズストリートに、ついにやって来たんだ。

正午。まだお昼ご飯を食べてない人も多い時間帯。

僕たちはようやく、目的地であるテイマーズストリートに到着した。

魔車での旅はそれなりに厳しいものがあった。

どれだけ警戒していても、見晴らしのいい草原で、ボアのような足の速いモンスターを振り切ることは不可能。戦えるテイマー……というより、そもそも乗客は僕たちしかいないので、必然的に戦いに出向くことになる。

こんな状況では魔車の運行に支障が出るのも納得だ。

それでもどうにか切り抜けて、意外に早く目的地にたどり着けた。

魔車のお兄さんは最後にお礼を言って、街の中へと消えていった。

しかし、まだ依頼の第一歩を踏み出したにすぎない。

ここから、真の目的である魔石鑑定を行なってもらうために、鑑定士さんのところに魔石を持っていかなければならないのだ。

魔石鑑定士であるペルシャ・アイボリー氏に会いに来たのだが……

僕は、しばしテイマーズストリートの入口前から動くことができなかった。

夢にまで見た街を前にして、完全に依頼どころではなくなっている。

今はとにかくこの喜びを誰かと分かち合いたい。

その一心でぐるっと後ろを振り向くと、パーティーメンバーの少女に向けて声を張り上げた。

「クロリア、ここが……テイマーズストリートだよ！」

「……は、はい」

僕の元気すぎる様子に引いたのか、黒髪おさげの少女は苦笑する。

それでも構わず続けた。

「あらゆる英雄たちが必ず一度は立ち入り、あるいは拠点にし、今でも彼らの足跡が残っていると言われている伝説の街。通りを歩けばテイマーと肩がぶつかり、石を投げれば従魔に当たる。テイマーたちが集う巨大都市、テイマーズストリート。ついに来たんだ！」

「……石は、投げない方がいいんじゃないですか？」

歓喜する僕の後ろで、的確なツッコミを入れるクロリア。

ここまで素っ気ない反応をされると、さすがに僕も熱が冷めてくる。

次第に感動は薄れていき、最後にはジト目になってクロリアを見据えていた。

「なんでそんなにテンションが低いんだよ」

ついつい声に出してしまう。

「いえ、たぶんルゥ君のテンションが高すぎるんだと思います」

冷静に返されると、そんな気がしてきてしまう。

確かに、興奮しすぎていたかもしれない。

ごほんとわざとらしく咳払いして、残った熱を出しきった。

それにしても、冒険者に対してテイマーズストリートに興奮するなというのは無茶な話ではないのか。

僕はてっきり、クロリアも同じように騒ぐと思ったんだけど。

ふと、些細な疑問が脳裏をよぎり、僕は彼女に問いかけた。

「もしかしてクロリア、テイマーズストリートに来たことある？」

「えっ？　いえ、ありませんけど……」

「じゃあ、どうしてそんなに冷めてるんだよ。同じテイマーなら、もっと興奮するものじゃないの？」

「ま、まあ、そうですね。まったく嬉しくないと言ったら嘘になります。けれど、今回は依頼が目的で来たんじゃないですか。観光ならまだしも、お仕事では、どうもはしゃぎ切れないといいますか……」

「……あ、そう」

まあ、初の大仕事なわけだし。

なんとも正しい意見をぶつけられて、僕の頭は完全に冷静になった。

途端に、カバンに入った魔石の重さを感じ、これが観光ではなく仕事なのだと自覚する。

僕はカバンを背負いなおし、少しばかり気の抜けた声でクロリアに言った。

「それじゃ、行こっか」

「はい」

にこっと笑ったパーティーメンバーと従魔たちを連れて、僕は憧れの街に足を踏み入れた。


テイマーが集う巨大都市というだけあって、テイマーズストリートにはテイマー専用の施設が豊富で、冒険者ギルドの本部もここにある。

闘技場では毎日のようにテイマー同士が従魔をぶつけ合い、技を競っている。年に一度の大会には、周辺の街からも多くの観客が集まるという。

まさに、テイマーの拠点に相応しい街だ。

僕たちは依頼で預かった魔石を鑑定していただくべく、一直線に魔石鑑定士さんのもとへ向かう。

……はずだったんだけど。

「ねえ、見てクロリア！　このお店、〝モンスターの預かり所〟って書いてある！」

「は、はぁ……」

「こんな施設聞いたことないよ。他の街にはなかったよね？　どんな人が利用するんだろう？」

「さ、さぁ？」

興奮気味に捲し立てる僕と、その対応に困るクロリア。

テイマーズストリートの大通りで、僕たちはまた足を止めている。

正確には、僕の足が止まっているんだけど。

「あっ、こっちはモンスターとの触れ合い広場だって。癒やし系の従魔たちが集まってるのかな？　おぉ、こっちはモンスター専用の武器屋さん。なんかもう、色々すごいね！」

「そ、そうですね」

僕は通りを歩きながら、目に付いた建物を手当たり次第に観察していく。

初めて見るこれらの施設は、一度冷静になった僕の好奇心を再燃させるには、充分すぎた。

しかし僕は、クロリアの苦笑を見て、少しだけ気まずくなった。

「ちょっと、はしゃぎすぎたかな」

クロリアを振り返って反省の色を見せた。

「はい、ちょっとだけ」

それに合わせて従魔たちも非難の鳴き声を上げる。

先ほどあれだけ諭(さと)されたというのに、懲(こ)りずに盛(も)り上がってしまった。

誤魔化(ごまか)すように笑っていると、クロリアがもっともなことを言う。

「今回は遊びや観光ではなく、お仕事として来たわけですから、街を堪能(たんのう)するのは依頼を終えてからにしましょう」

「はぁ～い……」

お姉さん口調で言われて、僕は叱(しか)られた弟のように返事をした。

そして今度こそ、目的を果たすために通りを歩きはじめる。

「それにしても、魔石鑑定士の……ペルシャさん、だっけ？　この街のどこに居るんだろう？　僕たち、名前くらいしか知らないけど」

「はい。シャルムさんからは、その人のところに魔石を持って行ってほしいと頼まれただけですからね」

街を歩きながら僕たちは話し合う。

シャルムさんからは、その魔石鑑定士がテイマーズストリートにいるということしか聞いていない。

この街は明らかにグロッソの倍以上の広さがあるので、自力で探し出すのは困難だ。

「となると、誰かに聞かなくちゃね」

「はい。もしくは看板や案内などを見つけなくてはいけません」

クロリアも僕の提案に力強く頷いて、賛同してくれた。

しかし、こういうのは誰に尋ねるのが正解なのか、迷ってしまう。

道行く人に適当に声を掛けてもいいんだけど、そう単純に考えていいものだろうか。

中には悪い人もいるだろうし、魔石をたくさん持っていることがバレるのはなるべく避けたい。

となると、最適なのは……

「一度、冒険者ギルドに行ってみない？」

「えっ、どうしてですか？」

突然の提案に、クロリアはきょとんと首を傾げる。

僕は背負ったカバンを揺らしながら彼女に返した。

「一番情報が集まる場所だし、何より、魔石鑑定士さんと繋がりがありそうだから。それに、冒険者ギルドの本部を一度覗いておくのもいいかなって」

「まあ、確かにそうですね」

他の街のギルドからの依頼だと言えば、悪い扱いはされないだろうし。

いずれはお世話になるだろうギルド本部を見ておいて損はないという提案だ。

クロリアからの了承も得られたところで、さっそくギルドの本部に向かうことにした。

「それじゃあ行こっか、冒険者ギルドの本部」

「はい。……ところで、その冒険者ギルドの本部はどこにあるんですか？」

「えっ？」

しばしの静寂が、僕とクロリアの間に流れる。

そういえば、ギルドの本部の場所も知らなかった。

魔石鑑定士さんの店よりは大きいだろうけど、この街を当てずっぽうに歩いて探すのは骨が折れる。

それを考えもせずに得意げに提案した僕は、かぁっと顔が熱くなった。

そこに、呆れて――ではなさそうだけど、ライムとミュウの欠伸が、タイミングよく流れた。

結局僕たちは、冒険者風の人に声を掛けて、尋ねることにした。

親切なことに、その人はわざわざ僕たちを冒険者ギルドの本部に案内してくれた。

人が好さそうな方だと分かったので、道すがらそれとなくペルシャ氏の居場所も聞いてみたところ、どうやらそれなりに有名らしく、こちらも無事に教えてもらえた。

結果的に僕たちは、冒険者ギルドの本部を拝むという目的のためだけに、そこを訪れたのだった。

＊＊＊＊＊＊

冒険者ギルドの建物は、どの街でもそこまで大きな差はないと思っていた。多少外観や内装が変わるくらいで、中には受付と酒場、依頼掲示板がある、お決まりの造りになっているだろうと。

しかしその予想は丸ごとひっくり返されてしまった。

「わぁ……」

眼前に広がる光景に、僕は感嘆の息を漏らす。

間違いなく冒険者ギルド。受付や依頼掲示板も予想通り。だけどその大きさが、僕の想像を遥かに超えていた。

一階には長い受付カウンターが横一列に連なり、その隣は大酒場になっている。二階には何かしらの売店と、冒険者が休むための部屋が十数室ほどあるらしい。

グロッソの街の冒険者ギルドを五倍に広げて、中に料理屋と雑貨屋と宿屋を丸ごとぶち込んだら、ようやくこのくらいの規模になるだろう。

これが冒険者ギルドの本部。

テイマーズストリートの中央——大広場の巨大噴水前に、堂々と構えているだけのことはある。

僕はそのギルドに片足を踏み入れたところで、おろおろと視線を彷徨わせていた。

先ほど僕が感嘆の息を漏らしたのは、単に本部の広さに驚いたからだけではない。

その大きさに相応しく、本部には目を見張るほど大勢の冒険者が集まっていたが、それに反して、建物内は背筋が震えるほど静か・・・だったのだ。

どうしてこんなに人がたくさんいるのに、ほとんど話し声が聞こえないのだろう？

いや、微かに酒場の奥の方から数人の声が聞こえてくる。

建物の入口に立っている僕に、ぎりぎりで届くくらいだ。

しかし、この場にいる皆が、奥の声がする方向をじっと見つめていた。

「何かあったんでしょうか？」

頑張って背伸びしながら奥の様子を窺（うかが）っている僕に、クロリアが不安そうに声を掛けた。

僕は眉を寄せながら答える。

「ん〜、緊急依頼？　とかじゃないの？」

漠然（ばくぜん）と答えてみたものの、どうもそんな雰囲気ではない。

みんな、声のする方に興味はあるけど、無理に視線を逸らして黙っているような。

僕は改めてギルドの中を見回す。

ここに来た目的は、ただギルド本部の様子を見たかったというだけだ。

すでに魔石鑑定士さんの居場所は知っているから、今すぐ立ち去って、自分たちの依頼を完了してもいい。だが、この静けさに言い知れぬ違和感と興味を覚えた僕は、相棒を頭に乗せたまま、人垣の間を縫って、問題のエリアに向かっていく。

すると、酒場の奥に設置された大テーブルを囲う、七人の冒険者たちの姿が見えた。

静かに食事をする三人と、バカ騒ぎをする四人。

パーティーが二つのグループに分かれているのか、もしくは小規模パーティー二つが一つのテーブルに集まっているのかは、定かではない。

あの人たちがいったいどうしたんだろう？　と疑問を抱いていると、周囲の野次馬がひそひそと話す声が聞こえてきた。

「あの人たちってあれだろ？　例の……」

「あぁ。この辺りじゃ最大勢力って言われてる『正当なる覇王』ってパーティーだ。たった七人で金級の依頼を数十個もクリアして、最近は〝暗黒獣〟も倒したって話だぜ」

「はぁ？　マジかよ？」

「なんか、また特別な依頼があって、遠征から戻ってきたらしい」

フェアリーロード？　暗黒獣？

耳慣れない単語が飛び交っていた。

しかし、その実績の凄さは僕にでも分かる。

基本的に金級の依頼は、他パーティーと連携した大人数で、長期間にわたって行われるものだ。

一つでもクリアしたら英雄候補として数えられるほどの金級(ゴルド)依頼を、たった一パーティーで、それも数十個もクリアしてしまうとは。

そんな凄い人たちがあそこにいるんだ。

僕は今一度、テーブルを囲む七人の冒険者を見る。

静かに食事をするのは黒髪の男性と金髪の女性、それから目深(まぶか)に黒フードを被(かぶ)った謎の人物。

輝く金色の長髪を流す女性冒険者が、たまに黒髪の男性冒険者にちょっかいを出すが、男性は無表情であしらっている。

黒フードはその様子を黙って見ているだけ。

まるでクールな王様と悪戯好きなお姫様。その護衛(ごえい)を務める黒ずくめの人、みたいな構図だ。

そしてバカ騒ぎをする四人組。

茶色の髪を獣型モンスターの鬣(たてがみ)のようにボサッとさせた青年。

彼を囲って話すのは、同じくヤンチャそうな三人組の男。

あの茶髪の青年が親分で、周りの三人が子分といった感じだ。

あの人たちがこの辺りで最有力の冒険者パーティー、『正当なる覇王(フェアリーロード)』。

「おっせーんだよ！　さっさと持って来やがれ！」

突然、茶髪の青年が声を張り上げた。

受付カウンターの横にある、厨房と思しき場所に声を掛けているようだ。

彼の怒声を聞いた亜人種モンスターの店員さんが、急いでジョッキを席に運ぶ。

パッと見は普通の綺麗な女性だが、お盆を抱える腕は鳥の翼のような形をしていて、両足も同じく鳥類のものだ。

半人半鳥のモンスター、ハーピーというやつだろうか。

彼女は慌てた様子でジョッキを持っていくと、ぺこりと頭を下げてそれを置いた。

茶髪の青年は、ジョッキを大きく呷ると、ドンッ！と音を鳴らしてテーブルに戻す。

そして……

「さっさと持って来いよクソモンスターがァ！」

次いでギルドに響いたのは、バチンッ！という乾いた音だった。

一瞬、何が起きたのか分からなかった。

しかし、バランスを崩したハーピーが酒場の卓や椅子を飛ばして倒れる様を見て、僕はようやく理解する。

茶髪の青年が、ハーピーを叩いたのだ。

周りの人たちは顔をしかめて目を逸らし、後ろではクロリアが小さく悲鳴を上げた。

普通、あんなことをしたら即座に店を追い出されてしまう。

しかしあの人たちは実力のある特別な冒険者。周囲の人は何も言えずに立ち尽くし、受付のお姉さんたちも、何か言いたげな表情だが、黙って仕事を続けている。

青年が酒に酔っているということもあってか、仕方がないといった感じで、皆その光景を受け入れていた。

叩かれたハーピーはしばらく座り込んでいたが、やがてのろのろと立ち上がる。

痛む右頬を庇って手で押さえながら、涙を滲ませて走り去っていった。

その間、手を上げた青年は何もなかったかのように仲間と話し、挙句腹を抱えて笑っていた。

このとき僕は、自分の胸の内に言い知れぬ感情が渦巻いているのを自覚した。

「でよぉ、今日決闘で噂になってる奴と戦ったんだけどよぉ、雑魚すぎて拍子抜けしたぜ。その場でキレて従魔半殺しにしてやったわ」

得意げに話す茶髪の青年。それを受けて子分の三人は同じように笑う。

青年は話すのに飽きたのか、突然口を閉じると、きょろきょろと辺りを見回しはじめた。

そして、野次馬の中に何かを見つけ、酔っぱらった動作で指さした。

「おいそこの従魔！　ちょっとこっち来い！」

「えっ……？　えっと……」

野次馬の前の方にいた少年と、その従魔が呼び出される。

しかし突然のことに動揺し、少年はその場で目を泳がせていた。

すると茶髪の青年は、少年の隣にいる従魔――狼頭のウェアウルフを指さして声を荒らげる。

「てめえの獣人だよ！　さっさと来い！」

少年は渋々といった様子で白い毛並みの従魔とともにテーブルに近づいていく。

彼らが目の前に来ると、青年はウェアウルフの手を掴み、無理やり空いている席に着かせた。

「腕相撲って知ってか？　こうして力を競い合うんだよ」

右手を掴み合い、互いに肘を卓上につける。

相手の甲をテーブルにつけたら勝ちという、まさに力を競い合う遊び。

青年は酔っていることもあってか、酒の場で面白いことをしようと、無謀にもモンスターと力比べをするようだ。

「よ～い、ドンッ！」

青年の掛け声で、それは始まる。

子分の三人はその場を盛り上げようと、先ほどよりも一層大きな声で笑い、野次を飛ばす。

従魔のウェアウルフも最初は困惑気味だったが、やがてやけくそになって腕に力を込めはじめた。

勝負は見えている。

人間がモンスターに勝てるはずがない。ましてや相手はパワー型の獣人種。

誰もが青年の敗北を予想した。

しかし……

「グル……ゥ……！」

狼頭の獣人は、青年の手を押し込むことができず、ただ顔をしかめていた。

腕の筋肉が張り、ギチギチとテーブルが軋(きし)んでいることから、全力を振り絞(しぼ)っているのは明らかだ。それでも獣人の毛深い手は、その半分の大きさもない青年の手を一ミリも動かすことができず、両者の腕は開始直後と変わらぬ形で止まっていた。

「うら……よっ！」

だが次の瞬間——瞬(まばた)き一つの間に勝負は決する。

絶えず余裕の笑みを浮かべていた青年が、一瞬にして獣人の手をテーブルに叩きつけてしまった。

ドンッ！　とテーブルが鳴り、置かれていたジョッキも激しく揺れる。その衝撃(しょうげき)で手を痛めたのか、ウェアウルフは歯を食いしばって声を抑えていた。

「おいおいしっかりしてくれよ！　てめえそれでもモンスターかぁ⁉」

青年が半笑いでそう言い、子分たちが手を叩いて爆笑する。

その光景を僕たちは、驚愕と畏怖の念を抱いて見つめていた。

あんなにあっさりモンスターとの力比べに勝つなんて。

決してあのウェアウルフが貧弱だったというわけではない。

種族までは分からないけど、どう見たってあの狼男はDランク以上のモンスターだ。

たとえレベルが1だろうと、人間の冒険者なら三人くらいまとめて倒せる力を持っているはず。

あの手の力比べにはコツとかがあると聞いたこともあるけど、それだけで人とモンスターの差が覆せるとは思えない。

改めて青年の力――最有力パーティーのメンバーの凄さを思い知らされた。

そんな中、彼は再びウェアウルフの手を取り、二回目の力比べを始める。

「はいもう一回、ドンッ！」

しかし勝敗は変わらない。

またもウェアウルフの毛深い甲が叩きつけられた。

そして三回目、四回目、五回目……

何度も何度も何度も。獣人の手が卓上に叩きつけられる音だけが、ギルドの中に響く。

僕の目には、白かったはずの獣人の手の甲が、真っ赤に染まった様が鮮明に映っていた。

「んだよ、使えねえ玩具だな……おら、まだ続けるぞ」

茶髪の青年は容赦ない言葉を浴びせて、すっかりへばった獣人を引き起こす。

なんだろう、この気持ちは。

裏切られた、とでもいうべきだろうか。

この場には相応しくない、的外れな感情だ。

実際に傷つけられているのはウェアウルフの体と、何も言い返せないその主人の心だというのに。どうして僕はこんなにも胸を痛めて、ましてや〝裏切られた〟なんて気持ちを抱いているのだろう。

あの人たちが英雄候補だから？

ここが冒険者ギルドの本部だから？

僕が憧れた街、テイマーズストリートだから？

たぶんその全部だ。

僕はこの街に夢を見て、英雄たちに強い憧れを抱いていた。

しかし現実はそんなに綺麗なものではない。

テイマーズストリートの冒険者たちは強い者に逆らえず、英雄たちはモンスターを〝玩具〟や〝道具〟のように扱い、酒の肴にする。

この短い時間で、それを嫌というほど理解した。

僕は勝手に幻想を作り出して、勝手に裏切られた気持ちになっている。

そして同時に、普段は感じない言い知れぬ想いを、胸の内に激しく燃やしていた。

どうしてみんな、何も言わないのだろうか。

従魔を傷つけられているのに、どうして主人は何も言い返さないのか。

そしてなぜ、青年のパーティーメンバーは彼の横暴を止めようとしないのか。

その現実が、僕は理解できず、許せなかった。

ここはみんなが憧れる街、テイマーズストリート。

そうじゃなきゃいけないんだ。

気がつけば僕は、野次馬たちの間を抜けて前に出ていた。

いつもの僕だったら、絶対にこんな真似はしない。

周りの人たち同様、呆然とその光景を眺めて、当事者と目が合えば慌てて逸らしていただろう。

でも今は違う。

今だけは、どうしてもあいつに言いたいことがある。

僕は彼らに近づきながら、乾いた口を開いて低い声を漏らした。

「モ、モンスターは……」

いまだ卓上で力比べを続けている二人のもとに歩み寄り、バンッ！　と勢いよくテーブルを叩く。

　ガラスが割れる甲高い音が鳴り、力比べが止まる。

　殺到する視線、込み上げてくる羞恥心、それらすべてを無視して、僕は叫んだ。

「モンスターは、道具なんかじゃない！」

　直後、それまでとは異なった種類の静けさがギルド内を包み込む。

　笑い声を上げていた青年たちは唖然とし、食事をしていた三人はその手を止めた。

　僕はただ一点、青年の顔を睨み続ける。

　ふざけるな、いい加減にしろ、みんなに謝れ。

　僕の怒りが収まることはなかった。

　さっきのハーピーと目の前のウェアウルフに対して頭を下げさせなきゃ、気が済まない。

　青年はしばし呆然と僕の目を見返していたが、やがてその目を細めていく。

　興が削がれたことに怒りを感じたのか、十回以上繰り返した力比べを途中でやめた。

　そして背筋が凍りつくほど低い声で、僕に返す。

「……なんか言ったか？」

　糸のように細められた目。耳に残る恐ろしい声音。

　僕はその迫力に気圧され、わずかに身を引いてしまう。

　しかし怖さよりも怒りの方が勝っていたので、僕は青年を鋭く睨み返した。

そして先ほどの問いに対して返答する。

「モンスターは、道具じゃないって言ったんだ」

不思議なことに、声は震えなかった。

怒りを乗せた言葉を聞き、茶髪の青年はわずかに片眉を上げる。

だがすぐに元の表情に戻ると、ウェアウルフの手を放して席を立った。

身長差があるせいで、間近に並ぶと見下ろされる形になる。

「へぇ、モンスターは道具じゃない、ねぇ。言うじゃん、言うじゃん」

先刻に見たものと同じ、余裕の笑み。

何がそんなに面白いのだと、僕はさらに怒りを募らせた。

触れた瞬間に弾けてしまいそうなほど張り詰めた空気の中、僕と青年は睨みあう。

先に動いたのは、青年の方だった。

歯噛みする僕の顔を覗き込むようにして、彼は言う。

「んじゃ、お前さぁ……」

しかしそれは、不意に横から現れた一人の人物によって遮られた。

僕と青年の間に割って入ってきたその人は、静かに食事を進めていた男性冒険者だった。

目に掛かる漆黒の前髪の隙間から僕に向けられる、夜空のように暗い瞳。

中肉中背の身にまとっているのは、高級感のある布地で作られた真っ黒な衣服だった。

他のパーティーメンバーたちも、冒険者らしからぬ特異な格好をしている。

だが、それすらも霞むほど、この青年の姿は異様だ。

一見すると、どこか上等な学校の学生にも見えるのだが、身にまとう雰囲気と腰に下げた長剣がそれを否定する。

突然横から割り込まれたこともあって、僕はどう対応していいか分からずに視線を泳がせた。

すると、先ほどまでこの青年が食事をしていた席が目に入った。

そこは、料理もテーブルも水浸しで、台風でも来たかのようにひどい有様だった。

僕が思い切りテーブルを叩いた衝撃でジョッキが倒れてこんなことになったに違いない。

それで彼は怒りを抱いたんだろう。

心中で納得する僕をよそに、彼は薄い唇を開いた。

思ったよりも歳の近そうな声音だった。

「モンスターが道具ではないと言うのなら……貴様、従魔よりも前に出て、代わりに戦ったことがあるのか」

「えっ……？」

それはおそらく、先ほど茶髪の青年も言おうとしていた台詞。

唐突なその問いかけに、僕はしばし絶句する。

しかし、彼は追い打ちを掛けるように続けた。

「戦場で従魔の代わりに自らモンスターと戦い、勝利したことはあるのかと聞いたんだ」

「そ、それは……」

……ない。

自分の従魔――今は頭の上で不安そうにしているライム――よりも前に出て、積極的にモンスターと戦ったことなんてない。

一度だけ、冒険者試験のときに自ら木剣を握って戦ったことはあるけれど、あれは例外。作戦の一環で成り行き上そうなっただけで、自ら先行していたとは言えない。

隣にライムがいてくれたし、僕は支援魔法で目いっぱい身体強化をしていた。

だから僕は、黒髪青年の問いに何も言い返すことができなかった。

「自分で戦いもせず、従魔だけにモンスターの相手をさせ、思うがままに命じる。そんなものは、ただの道具……戦闘に使う武器となんら変わらない」

「……ッ！」

僕は目を見張り、鋭く息を呑んだ。

自分で戦わず、従魔だけにモンスターの相手をさせる。

思うがままに命じて〝使う〟のでは、ただの道具と変わりない。

まるで、今までの僕を実際に見てきたかのような言葉だった。

そして僕は、先刻自分が口にした台詞を思い出す。

——モンスターは道具なんかじゃない。

他人の従魔にひどい扱いをする茶髪たちに、その行為を改めるように言った。

自分の従魔でも他人の従魔でも、モンスターはみんな優しく、人間にとって頼りがいのある存在だと伝えたかった。

だけど僕には、偉そうにそんなことを言う資格がなかったんだ。

黒髪の青年は、腰の長剣に手を添えながら続ける。

「こうして戦うための剣を持ち、実際に従魔よりも先行してモンスターと斬り結んでいる俺たちの方が、説得力があるんじゃないのか？　そんな俺たちが従魔は戦うための〝武器〟だと言っている。後方で指をくわえているだけのお前が何を言おうと、そんなものはすべて戯言だ」

僕は何も言い返せず、ただ床に目を落とすことしかできなかった。

だってそれは、言い訳のしようがないくらい図星だから。

黒髪の青年が言ったように、僕はただライムにモンスターの相手をさせ、思うがままに命じていた。

そんなものはただの道具。戦闘に使う武器。

今まで僕は、無意識にライムのことを〝使って〟いたんだ。

青年に言われて、改めて理解した……僕は本当の意味で戦ったことはないのだと。

見ると黒髪の青年は、変わらぬ暗い瞳で僕のことを見下ろしていた。

そして彼の後ろでは、先ほどの茶髪が〝そうだそうだ〟とはやし立てている。

自分で喧嘩を売ったくせに完全に言い負かされてしまった僕は、喉を潰されたかのように声が出せなかった。

とてつもない敗北感から、込み上げてくる気持ちは涙に変わり、視界に映る床が歪む。

途端に周囲を意識して、聞こえるはずのない陰口や嘲笑が、幻聴となって僕の頭に響いた。

そのとき……

「キュルキュル！」

頭の相棒が怒ったように身を揺らして、彼らに抗議の声を上げた。

すっかりヘコんでしまった僕とは違って、ライムは諦めないし、相手が誰でも屈しなかった。

その声で、僕の目にも光が戻る。

黒髪の青年はぴくりと眉を動かし、後ろの茶髪は〝なんだこいつ？〟とライムのことを見て困惑していた。

一瞬だけ生まれたその隙をついて、僕は涙を堪えて歪んだ顔を上げる。

「た、確かに僕は、ライムの前に出て、ライムの代わりに戦ったことは一度もない。一緒に戦っていたとも言えないと思う。でも……」

ポツリポツリと頼りない呟き。

それから僕は、頭の上のライムを胸に抱えなおして叫んだ。

「一緒に笑った瞬間は何度もあった！」

その声に、青年たちはわずかに目を見開く。

周りの人たちも、固唾を呑んで成り行きを見守っていた。

「一緒に遊んで、一緒にご飯を食べて、たまには一緒に落ち込んだりもする。でも最後は一緒に笑って、僕たちはここまでやってこられた」

最後に僕は、まっすぐに黒髪青年の目を見て告げた。

「ただの道具なら、そんな感情は持ってない」

束の間、完全な静寂がギルドの中を満たす。

その間、周囲の野次馬たちは目を見張って固まり、クロリアも人垣の後ろの方で言葉を失っていた。

『正当なる覇王』の人たちも、僕に視線を向けて口を閉ざしている。

どれくらいの時間が経っただろう。数十秒にも思えた静けさを破ったのは、眼前の黒髪青年の声だった。

「……まあ、貴様もいずれ分かる。冒険者として……テイマーとして生きていくなら、なおさらな」

そして彼は、興が削がれたと言わんばかりに肩をすくめて身を翻す。

椅子に掛けていた黒い上着を取り、ギルドの出口に向かって歩きはじめた。

それに合わせて、パーティーメンバーたちは慌ただしく身支度を整え、彼の後を追う。

この様子を見る限り、彼がパーティーのリーダーなのだろう。

野次馬たちが怖れるように道を空ける中、不意に黒髪の青年が足を止めた。

「ただ……」

ちらりとこちらを向き、相変わらずの暗い瞳で僕を見据える。

するとその視線をわずかに下げ、相棒のライムに目を向けた。

そして、淡々とした口調で続ける。

「道具にすらなれない雑魚モンスターを抱えてる奴には、分からないかもしれないがな」

危うく聞き逃しそうになるほど何気ない調子で彼は言い、僕はその意味を理解するのに、しばらく時間を要した。

道具にすらなれない雑魚モンスター。

それは誰のことを言っているんだ。

青年の暗い目が見据えているのは僕ではなく、腕の中の相棒。

ライムが……道具以下の雑魚モンスター……？

頭の中で、何かが弾けた。

気がつけば僕は相棒を床に下ろし、左腰の木剣に手を掛けていた。

酒場の床を全力で蹴り、こちらを見据える青年に突っ込んでいく。

ハーピーやウェアウルフがひどい扱いを受けているのを見たとき以上の〝怒り〟だった。

相棒を侮辱されるのがここまで腹立たしいとは思わなかった。

これまでも何度かライムがバカにされたことはあった。

最弱。低ランク。スライムのくせに。もちろん雑魚モンスターと呼ばれたことも。

でも、こいつが口にしたのはそのどれとも違う。

自分の従魔と比べて劣っていると言ったのではなく、ただライムを見下すために侮辱したのだ。

木剣を握る手が痛い。自分で思っている以上に強い力を込めているからだ。

それくらいの爆発した感情に突き動かされて、僕は跳ぶ。

抑えきれない怒りのせいで視界は霞み、口の中が切れて血の味がする。

――ふざ……けんな！

きっとこれは純粋な怒りと、英雄に対しての嫉妬だ。

こんなのが英雄だなんて、認めたくない！

僕が斬り込んでいるのにもかかわらず、黒髪の青年は微動だにしない。
使い慣れた木剣を上段に構えて、容赦のない一撃を彼に放つ。
その瞬間、僕の耳元で何かが鳴った。
バチンッ！　という、拍子抜けするような乾いた音。
その音はどこか遠いところで鳴ったような気さえする。
限界まで込めていた力が一気に抜け、体がよろめく。
青年の姿が遠のくとともに、僕の中で煮えたぎっていた怒りも引いていた。
床に尻餅をついた状態で見上げる。
いつの間にか青年と僕の間に、黒フードで顔を隠した人物が割って入っていた。
先ほど静かに食事をしていた、『正当なる覇王』のメンバーの一人だ。
マントの下から腕を横に振り抜いた体勢で、じっと立っている。
あの人に邪魔されたのか。
右頬を叩かれて、黒ずくめの青年への攻撃を止められた。
僕は木剣を取り落とした右手で、その頬に触れる。
まだ感触が残っている。
そして人知れず、声にならない嗚咽を漏らした。
いきなり頬を叩かれて驚いたのは事実だ。

しかしそれだけではない。

僕は……この手を知っている。

「な……なんで……」

僕の震える声に応えるように、その人物は目深に被っていたフードを持ち上げた。

その中から出てきたのは、艶やかな茶色のショートヘア。

それによく似合う、柔らかそうな頬っぺたが特徴的な可愛らしい童顔。

くりっと大きなライトブラウンの瞳に、僕の困惑顔が映る。

唐突に突き付けられたこの現実を、僕はどうしても受け入れられなかった。

――嘘だ。信じられない。

なんで……なんでここにいるんだよ。

「……ファナ」

これまで何度口にしたか分からない人物の名を絞り出した。

ファナ・リズベル――同じパルナ村に住んでいた女の子。

小さい頃から一緒にいた大切な幼馴染で、いつも僕を助けて、面倒を見て慰めてくれていた、どこまでも優しい女の子。

そんなファナが今、目の前に立って僕を見下ろしている。

きっと他人の空似で、何かの間違いじゃないのか。

そう願う僕の耳に、周囲の人たちの騒ぎ立てる声が届いた。

「おい、あれって……」

「ドラゴンテイマーのファナ・リズベルだよな」

所々で幼馴染の名が上がり、受け入れたくない目の前の現実を、より色濃(いろこ)いものにしていた。

そして、僕にはっきりと現実を認識させる声が響いた。

「私がジルを……ジルフリードを守るのが、そんなに不思議？」

何千、何万回と聞いた幼馴染の声を聞き間違えるはずがない。

「な、なんで……ここに……」

無意識に漏れた声は、弱々しく掠(かす)れていた。

まるで、いじめられていたころの弱虫の僕に戻ってしまったかのように。

なんでここで、なんでそんな奴の味方をするみたいに立っているのか。

「私も、『正当なる覇王(フェアリーロード)』のメンバーだから」

決定的な一言だった。

ファナが無感情に放った一言に、僕は思わず嗚咽を漏らす。

『正当なる覇王(フェアリーロード)』のメンバー？

この辺りでは最有力と言われている冒険者パーティーの一員？

それはつまり、モンスターたちを道具や武器だと言い張るこいつらと、同じパーティーにいるということなのか？

あの優しいファナが、なんでそんな奴らと……

そこでふと、数日前のグロッソでの会話を思い出した。

宿屋『芽吹きの見届け』で、彼女のサインを見つけたときのことだ。

僕はてっきり、ファナはそれなりに実力のあるパーティーに入って、僕と同じように毎日楽しく過ごしているのだと考えていた。

冒険者として人々のために戦い、優しい手を差し伸べているのだと。

でも、それは違った。

ファナが所属しているのは、仲間の横暴を見逃し、果ては従魔を道具と吐き捨てる男がリーダーを務める、許しがたいパーティーだ。

ファナが、そいつらの仲間？

身を挺して守るような間柄？

目の前の幼馴染と、その後ろに立つ『正当なる覇王』のメンバーたちを見て、僕はひどく混乱した。

頭が上手く回らなかった。

表現しがたい感情が溢れてきて、胸が締め付けられる。

その後、僕が取った行動は、逃亡だった。

ライムを抱きかかえ、野次馬の中で不安そうに佇むクロリアのもとに駆け寄る。

驚く彼女の手を取り、僕は全力でギルドの外へと飛び出した。

僕らの行く手を邪魔する人は、誰もいなかった。

背中に感じる視線に、先ほどのファナの無感情なものも混ざっていると思うと、さらに足は速まった。

僕は、受け入れたくない現実から目を逸らすように、逃げ出したのだ。

5

＊＊＊ファナ＊＊＊

再び喧騒が戻ったギルド。

いつもの冒険者ギルドの雰囲気だ。

数人の冒険者たちがいまだにこちらをチラチラ見てくるが、今さらそんなことは気にしていられない。

騒ぎの帰結（きけつ）を見守るように、『正当なる覇王（フェアリーロード）』のメンバーは、ギルドの酒場の中央に立ち尽くしていた。

そして私は好奇（こうき）や驚愕が入り混じった視線を浴びながら、ギルドの出口を見つめ続ける。

今はもう見えない、幼馴染の背中を探して。

——ごめんねルゥ。ごめんね。

「んだよ、ファナ・リズベル。てめえが手ぇ出すなんて珍しいじゃねえか」

届くことのない謝罪の言葉を胸中で漏らしていると、不意に後ろからダミ声で呼びかけられた。

『正当なる覇王（フェアリーロード）』のメンバーの一人、モサモサ頭のオーラン・ガルドだ。

「……別に」

私はいつも通り素っ気ない一言を返す。

このパーティーに入ってからというもの、私はまるっきりキャラが変わってしまった。

本当はもっと騒がしくて、女の子らしくないくらいに元気な女子だったんだけど。

パルナ村のみんなが今の私を見たら、絶句するに違いない。

面白い妄想（もうそう）で少しにやけそうになりながら、外面では一貫してクールキャラを通す。

「それよりも、ジルが前に出たことの方が不思議だと思う」

「んっ、まあそれもそうだな」

オーランは私の言葉に頷くと、疑念に満ちた視線をジルに移す。

「ジル、てめえ、あのガキの何が気に食わなかったんだ？」

オーランはからかい半分におどけて聞くが、ジルは暗い瞳で彼を見返す。

相変わらず怖い人だ。

何を考えているのか分からない。

「……いいや」

ジルはさっきの私と同じような素っ気ない返事をした。

それを受けて、オーランはつまらなそうに相槌を打つ。

彼らのやり取りを見て、私は密かに疑念を膨らませる。

普段は騒ぎ事の類(たぐい)に我関(われかん)せずという態度をとっているジルフリードが、なぜかあのときだけは妙にイライラしているように見えた。

ルゥが、〝モンスターは道具ではない〟と叫んだとき。

テーブルの食事が台無(だいな)しになった、というのも理由の一つかもしれない。

でも、前に食事の卓をひっくり返されたときは、喧嘩は暴(あば)れん坊なオーランと取り巻きの三人に任せて、ジルは黙って料理を注文しなおしていた。

それがどうして今回は自ら喧嘩を買うような真似に出たのか。

などと、心中に疑問符を浮かべていると、不意に猫撫(ねこな)で声が上がった。

『正当なる覇王（フェアリーロード）』のメンバーの一人で、副リーダーを務める金髪ロングの女性、ジュナ・オリヴィアだ。

「オーランに好き勝手やらせてたら大変なことになるから、ジルが〝大人〟な対応で追い払ってくれたんだよねぇ」

彼女はジルの腕に抱きつきながら、挑発的な笑みを浮かべる。

「まあ、確かにあのままだったら、俺があのガキを治療院送りにしてただろうからな。てか、ジュナ、〝大人〟って部分を強調すんな。俺がガキみてえに聞こえるだろうがァ⁉」

オーランは青筋（あおすじ）を立てて言い返す。

「そのつもりで言ったんですけどぉ」

バチバチと視線をぶつけ合う二人。

普段通りのやり取りだ。

オーランは実のところ、いじられキャラ。

ジュナはジルが大好きで、いつもべったりくっついている。

この二人が喧嘩しているところをオーラン組の三人が笑いながら眺めて、ジルは静かに見守っている――これが『正当なる覇王（フェアリーロード）』の日常。

ルゥはきっととんでもないパーティーだと思っただろうけど、実際にモンスターを道具や武器のように扱っているのは、ジルとオーランの二人だけだ。

そのオーランだって、従魔にひどい仕打ちをするのはお酒が入ったときくらい。

まあ、パーティーリーダーのジルが、他の人とは比べ物にならないほどモンスターを毛嫌いしているので、ルゥがこのパーティーを嫌うにはそれだけで充分なのかもしれない。

私だって、従魔への乱暴を放任(ほうにん)している時点で、こんなパーティーにはいたくないし。

でも、今だけは我慢しなければ……

密かに決意を新(あら)たにしていると、再びジュナが甘ったるい声を出した。

「そんなことよりもジルぅ、もうこんな汚(きたな)いところ出ようよぉ。せっかく久しぶりに大きな街に戻ってきたんだし、デートしようよ、デート」

ぎゅっと腕に抱きつかれたジルは、いつも通り鬱陶(うっとう)しそうにジュナを払う。

それを機に、ようやく『正当なる覇王(フェアリーロード)』のメンバーたちは歩きはじめた。

私も彼らの後を追って、ゆっくりギルドの出口に向かう。

「………はぁ」

人知れずため息を漏らす。

……ルゥに見られてしまった。

どうして彼があの場にいたのだろう？

最悪のタイミングと言っても過言(かごん)じゃない。

恥ずかしい場面というよりは、いけないことをしているところを見られた気分だ。

ルゥはもう冒険者になれたのかな？

パルナ村では、普通なら最低でも五年は村に留まって仕事をしなくてはならないはず。

ということはつまり、カムイ村長が掟（おきて）を変えてくれた？

ルゥが勝手に村を飛び出してきたってことはなさそうだけど。

分からない……でも、さすがはルゥだ。

相変わらずルゥは、私の想像を軽く超えてしまう。

だって、彼がオーランに対して声を張り上げたときも、私はつい思ってしまったのだ。

全然変わってないなぁ、と。

本当は色々と話したかったし、聞きたいこともあった。

でも今は無理なんだ。

だから私はひどい態度をとって、ルゥをこの場から逃がした。

本当にごめんなさい。

でもあのとき——パルナ村で召喚の儀（ぎ）が終わった後、ルゥも同じように私のことを突き放したから、これでお相子（あいこ）だ。

ざまーみろ。でも、やっぱりごめんなさい。

きっと私たちが再会すべきときは、もう少し後。

今回はほんのちょっぴり早かっただけ。

そう思うことにした私は、幼馴染が走り去った姿を思い出しながら、次なる再会に期待を膨らませた。

それにしても、ルゥが手を引いていった黒髪おさげの女の子。

あの子はいったい誰だったんだろう？

「……パーティーメンバー、かな」

＊＊＊クロリア＊＊＊

ギルド本部での騒ぎの後。

ルゥ君に手を引かれた私は、為す術なく——というよりほとんど驚く暇もなく——ティマーズストリートの大通りに連れ出されました。

民家に挟まれた裏路地に入った私たちは、置きっ放しになっていた大樽をベンチ代わりにして、たどたどしくお喋りしています。

時折肩が触れ、気まずい空気がさらに重くなります。

そんな現状から顔を背けるように、私はルゥ君が聞かせてくれた話を、頭の中で簡潔に整理しました。

——ルゥ君は、あのドラゴンテイマーのファナ・リズベルさんと幼馴染だった。

――故郷の村には独特の掟があり、そのせいで喧嘩別れみたいなことになった。

――そして先ほどのあれが久しぶりの再会。

元々不思議な少年だとは思っていましたが、なかなか驚きのエピソードです。

従魔がスライムという点もその一つです。

〝弱い〟という代名詞としても使われてしまうスライムを従えて、冒険者になろうというのですから。

初めて彼を見たのは冒険者試験の会場で、他の参加者に冷たく拒絶されたところでした。

今にも泣きだしてしまいそうな顔で、その場から立ち去る姿。

それでも彼は、決して自分の従魔を責めることはせず、冒険者になることも諦めませんでした。どこまでもまっすぐで優しい、強い心を持ったルゥ君に、私は惹かれました。

だからこそ、あのとき私は声を掛けたんです。

知らない人に話し掛けるなんて滅多にしない私が、それでも一緒にパーティーを組みたいと思えたのがルゥ君でした。

隣で同じく大樽に腰かけるルゥ君。

私は彼を横目に見て、胸の内にモヤモヤした感情が生まれるのを自覚します。

しかし頭を振ってそれを払い、途切れてしまった会話を再開させました。

「ファナさんがルゥ君を叩いたのは、わざと……ですか？」

「……うん」

ルゥ君が頷くと、大樽もわずかに揺れます。

どうやらルゥ君は、先ほどのファナさんの登場は考えあってのことだと思っているようです。普通なら、パーティーメンバーを守るための行動にしか思えませんが……

「ファナはわざと僕を叩いて、突き放すように言ったんだ。あのまま僕がリーダーを攻撃していたら、逆にやられていたから。それを止めてくれたんだよ、きっと」

はぁ、なるほど。でも、どこか釈然としません。

「で、ですが、もっと他にやり方が……」

「事実、全然痛くなかったんだよ。ここ」

「えっ……？」

ルゥ君は自分の右手で右頬を摩りながら続けます。

「今思えばむしろ、僕を叩いたファナの手の方が震えていて、苦しそうだった」

そう言って彼は、膝の上に手を載せてぎゅっと握ります。

「ホント、全然変わってない」

握り拳に目を落とし、ぼそっと呟くルゥ君。

「……」

もやもやしていた感情に、ズキッと亀裂が走ります。

なんでしょう、これ。

落ち込んだような、それでいてどこか嬉しい気持ちが滲み出ている彼の姿を見ていると、私はなんだか落ち着きません。

同時に、無性(むしょう)に慰めの言葉を掛けてあげたい衝動に駆られます。

ですが、ぐっと堪えてとりあえずの疑問を口にしました。

「そこまで優しい方が、どうしてあのパーティーに身を置いているのでしょう？　いくら最大勢力の冒険者パーティーだからといって、他人の従魔を乱暴に扱う人たちの仲間には、絶対にならないと思います」

「うん。僕もそう思う」

即座に頷かれて、またも心がズキッ。

そんな私の忙しい気持ちなど露知(つゆし)らず、ルゥ君は正面を見据えて続けます。

「きっと、何か理由があるんだ。モンスターへの乱暴に目を瞑り続けて、あのパーティーに居続けなきゃいけない理由が」

確信したように話す彼の姿を横目に、私はなんとなしに膝上のミュウを撫でました。

確かに、話に聞くファナさんが、好き好(この)んで乱暴なパーティーに居続けるとは思えません。

私は彼女のことを噂でしか聞いたことがないのですが、幼馴染のルゥ君が言うのですから、やはりそれはおかしなことなのでしょう。

何か理由がある。けど、それはいったいなんなのか。

私が考えたところで無駄でしょうが、むむむと頭を悩ませます。

すると、隣でルゥ君がぽつりと呟きました。

「従魔がいなかったことと、何か関係があるのかな？」

「えっ……？」

「いや、ファナの従魔――フレアドラゴンなんだけど、ギルドの外にも中にもいなかったでしょ？　何か関係があるんじゃないかと思って」

そう言われて、「あぁ」と納得します。

確かに先ほどあの場所には、ファナさんの従魔――噂のフレアドラゴンさんがいませんでした。

なので、もしかしたらファナさんの従魔に何かがあった、もしくは、あのパーティーで何かしらのトラブルがあったから、仕方なく彼女は『正当なる覇王(フェアリーロード)』に身を置き続けているのではないかと。ルゥ君はそう考えたみたいです。

しかし私は、ここに来るまでに見た、ある施設のことを思い出しながら返します。

「おそらく、モンスター預かり所に置いていたんじゃないでしょうか？　あのパーティーの方々全員が高ランクモンスターを連れているとすると、街にいる間はそこに預けておくんじゃないかと思います。高ランクだと体が大きなモンスターも多いですし」

「あっ、そっか。そういえば他の人の従魔もいなかったね。だからあんな施設が……」

ルゥ君は納得の様子で頷きます。

その反動で彼の頭の上にいるライムちゃんがぷるぷると揺れて、つい笑みが零れてしまいます。

そして私は、ふと考えました。

高ランクモンスターのテイマーたちは、街にいる間はモンスター預かり所に従魔を預けなければなりません。

大きな体に危険な特性。色々と問題がありますから。

ですが私たちは違います。

従魔と一緒に街を回ったり、一緒にご飯を食べたり、一緒に眠ることができるんです。

それはミュウやライムちゃんが小さいから。

一般的には非戦闘型で、可愛いスライムだからです。

そんな私たちとは違って、『正当なる覇王(フェアリーロード)』の人たちは、従魔をモンスター預かり所に預けています。だからきっと、あの人たちは自分の従魔ですら道具や武器だと思い込んでしまうんです。

こうして常に一緒にいて、肌を触れ合わせている私たちとは違い、モンスターの心や温かさを知らないから。

ご飯を一緒に食べることも、同じお布団で寝ることも、彼らはしません。いいえ、できません。

それができないから、モンスターを道具だと言い張る。

そのときふと、ルゥ君のあの台詞が脳裏に浮かびました。

「モンスターは、道具なんかじゃない」

「えっ……？」

私は、首を傾げるルゥ君の瞳をまっすぐ見て続けます。

「私も、そう思います。モンスターは道具じゃありません。あの人たちは間違っているんです」

そう言うと、ルゥ君は大きく目を見開きました。

その瞳は、うるうると、涙が零れそうな勢いで湿っていきます。

そしてすぅーっと優しい目に戻ると、彼は言いました。

「ありがと、クロリア。でも……」

「……？」

「〝あの人〟が言っていたことも、あながち間違いじゃないんだ」

「えっ？」

あの人、というのが、ファナさんのことではなく、『正当なる覇王(フェアリーロード)』のリーダーさんを指しているのは、なんとなく雰囲気で分かります。

でも、ルゥ君の言葉の真意を理解できなかった私は、黙って続きを待ちます。

すると彼は、頭の上のライムちゃんを膝上に乗せなおしながら答えました。

「僕は本当の意味で戦っていなかった。ただ後ろでライムに命令を出しているだけじゃ、戦っていることにはならない。だから本当は〝モンスターは道具じゃない〟なんて、僕が言う資格はなかったんだよ」

次いで、自分の顔を見上げるライムちゃんに語りかけるように続けます。

「それに僕だって、高ランクモンスターのテイマーになっていたら、あの人のような考えを抱いていたかもしれない」

そう答えたルゥ君の寂しそうな目を見て、私は息を呑みました。

ルゥ君がもしライムちゃんではなく、他のモンスターを従えていたとしたら？

本当にあの『正当なる覇王(フェアリーロード)』のリーダーさんと同じ考えを抱いていたでしょうか？

私はこれまで見てきたルゥ君の――脳裏に焼き付いている彼の姿を思いながら、呟きます。

「……ルゥ君は、そんなこと考えません」

「えっ？」

「あっ、いえ、なんでもないです」

自分の言葉に恥ずかしさを覚え、とっさに首を横に振ってしまいます。

たった一週間ちょっと一緒にいるだけの私が、果たしてルゥ君の何を知っているというのか。彼の素性についてもまったく知らないのに、気持ちまで分かるはずがないんだと、私は人知れず肩を落としました。

そんな私の心中を知ってか知らずか、ライムちゃんを見て元気を取り戻したルゥ君が、明るい声を出します。

「だから本当に、ライムがパートナーでよかった。ライムじゃなきゃ分からなかったから。それに、高ランクモンスターのテイマーたちにも、この気持ちを分かってほしい。モンスターは道具じゃない、大切なパートナーだって」

「……」

どこまでも純粋で、誰に対しても優しいルゥ君。

彼がまっすぐな気持ちでそう語る姿を見て、きゅっと胸が締めつけられます。

そして私も相棒に目を落としながら同意しました。

「私も、ミュウがパートナーでよかったです」

ミュウと、ライムちゃんと、ルゥ君と一緒にいられてよかったです。

そういう気持ちを込めて伝えてみると、ルゥ君は〝だよね〟と言って、笑いかけてくれました。

そして、彼は勢いよく立ち上がります。

「よし！　ひとまずファナのことは置いておこう。僕たちには先にやることがあるし」

「えっ……」

「行こうよ、魔石鑑定士さんのところに」

そう言って伸ばされたルゥ君の手。

少しの間悩んでから彼の手を取り、同じように立ち上がります。

そういえば、依頼を受けてこの街に来ていたことを忘れかけていたと、密かに反省しつつ、再び大通りに向かって歩きはじめます。

ひとまずファナさんのことは置いておく……ルゥ君はそう言いましたが、実際はとんでもなく気に掛かっているはずです。

今すぐギルドに戻ってファナさんを問い詰めたいくらいのはずですが、彼は冒険者として依頼を優先してくれました。

それはたぶん、私にも気を遣っているから。

裏路地を出ながら、〝ここまで引っ張ってきちゃってごめんね〟と謝るルゥ君。

そんな彼に、私はどんな言葉を掛けてあげればいいんでしょう？

パーティーメンバーとして、どんなことをしてあげればいいんでしょうか？

全然分かりません。

こんなに近くにいるのに、なぜか少しだけ遠く感じてしまいます。

6

ファナの一件はとりあえず保留することに決めた後。

僕はクロリアとともに、テイマーズストリートの一角を目指して通りを進んでいた。

冒険者ギルドで一騒動あったけれど、この街に来た目的を忘れてはいけない。

魔石鑑定士さんのところに、グロッソ周辺で取れた魔石を持っていかなければならないのだ。

先ほど聞いた話では、魔石鑑定士のペルシャ・アイボリー氏は、円形に広がるテイマーズストリートの外周部に住んでいるらしい。

どうやら自宅で魔石鑑定も行なっているようで、僕たちは今そこに向けて足を伸ばしている。

でも正直、今は街を歩きたくない。

ギルドであんな騒ぎを起こしてしまったから、なんとなく周りの視線が気になって仕方ないのだ。

ペルシャ氏が人通りの少ない外周部に住んでいるのは、不幸中の幸いだろう。

もしかしたら魔石鑑定士殿は、日の光を極端に嫌うタイプなのかな。

彼女自身についての情報は皆無なので、なんとも言えないけど。

怖い人だったら嫌だなぁ……なんて思いつつ、大通りから小道に入り、ほっと一息。

しかしその小道は少々薄暗く、無法地帯めいた雰囲気が出ていて、別の緊張感が湧いてきてしまった。

本当にこの先にペルシャ氏はいるのだろうか？

冒険譚では、いかつい人たちに絡まれる舞台として描かれることが多い裏路地。物語での新人冒険者の絡まれ率の高さは異常だ。

思わず腰が引けて、僕は小道を進むことを躊躇する。

だけど、パーティーメンバーのクロリアがずんずんと先に進んでしまうので、それについて行かざるを得なかった。

なんでクロリアはそんなに勇敢に裏路地に入っていけるの？

もしかして、こういう場所に慣れているのかな？

横目で彼女を窺ってみると、どうやらそういうわけではなかったらしい。

なんか、心ここにあらずみたいな顔をしている。

瞳はどこを見ているのか分からず、無意識に進んでいるような足取り。

危なっかしい場所に入ったことにすら気付いていないみたいだ。

何かあったのかな？

僕は上の空で小道を歩くクロリアの、華奢な肩をトンと叩いた。

「……クロリア？」

「はっ、はい⁉」

びくっと飛び跳ねそうな勢いで驚かれた。

その反応に僕の方が驚いて、目を丸くしながら問いかける。

「だ、大丈夫？　なんかぼーっとしてたけど」

「だ、大丈夫です、大丈夫です！」

彼女はぶんぶんと激しく手を振って答える。

その様子からして、すでに大丈夫ではないんだけど。

少々心配だけど、僕は余計なことは言わずに、彼女の言葉を信じることにした。

もしさっきの出来事――冒険者ギルドでの一幕で気分を害しているというなら、それは完全に僕のせいだから。

できる限り、彼女に償いをしたい。

無理に目を逸らそうとしていた現実が、再び眼前までやって来て、僕は密かに歯を食いしばる。

しかし、今は依頼の方が大事だと自分に言い聞かせ、その邪念を振り払った。

いつの間にか、裏路地への恐怖心は綺麗さっぱり消え去っていた。

＊＊＊＊＊＊

ペルシャ氏の自宅兼魔石鑑定所を目指して小道を進むこと数十分。

ついにそれらしい小屋を発見することができた。

場所は、テイマーズストリートの最北端。

地図で見れば、円形のテイマーズストリートの一番上のところに当たるだろうか。

細い道沿いに建てられた年季の入った木造小屋を見上げて、僕たちは一斉に息を呑む。

『ペルシャ・スタジオ』と小さく明記された吊るし看板が、不気味にキィキィと音を立てて揺れている。

寒気を覚えるほど暗く、奥まった立地環境。触れれば今すぐにでも崩れてしまいそうなボロ小屋を前に、僕たちの足はピタリと止まってしまった。

どうしよう？

この時点ですでに帰りたい。

中の様子はここからでは確認できないけど、噂のペルシャ氏がかなりの変わり者というのははっきり理解できた。

僕はいまだに足を踏み入れる勇気を持てず、小屋の前で視線を泳がせているきり。

しかしいつまでもこうしてはいられないと、意を決して入口の扉に手を掛けた。

「し、失礼しま〜す」

震える声で断りを入れるも、返事はない。

おそらく魔石製品と思われるランプが、左右の壁に数個吊るされているものの、小道と同じくらい薄暗かった。

頼りない薄青色の灯り(あか)は、視界を最低限確保するためのものだ。とてもお客を迎え入れているとは思えない。

目を凝らして見てみると、意外なことに小屋の中は広かった。

この建物の左右には、ぎっちり敷(し)き詰めるように民家が建っていたので、てっきり中は相応に狭いものだと思っていた。

そりゃまあ、ペルシャ氏本人のご自宅でもあるわけだから、生活に必要なスペースくらいはあるか。

話を聞く限り女性みたいだし、それなりに清潔感(せいけつかん)を求めて……と思ったら、なんかよく分からない道具があちこちに散在(さんざい)していて、お世辞にも片付いているとは言えなかった。

名称不明なその道具の数々につまずきそうになり、僕とクロリアはひっと小さな悲鳴を上げる。

するとその奥から、女性の声が聞こえてきた。

「んっ？」

部屋の隅に置かれたテーブルに積み重なった道具の山の背後から、僕たちの来訪に気がついたペルシャ氏が、顔を覗かせてくれた。

最初に目につくのは、淡く黄色がかったクリーム色の長髪。

その上に生えた、モフモフピコピコした耳。

あれはおもちゃの耳、かな？

次いでパッチリとした碧い目と視線がぶつかる。

心なしか、その瞳がきらりと光っている気がした。

「あれ？　子供のお客さんとは珍しい。あたしに何か用かな？　可愛い子猫ちゃんたち」

一言一言を舌の上で転がすような喋り方。

冗談にしか聞こえない台詞を口にした彼女は、最後にゴロゴロと喉を鳴らしてにんまり笑った。

僕たちはそんな彼女を見て固まってしまう。

この人がペルシャ・アイボリーさん？

この辺りの魔石鑑定をすべて受け持つ、凄腕の魔石鑑定士？

噂のペルシャ氏を前にして、思わず僕は言葉を失った。

鑑定士という言葉から、てっきりご高齢の方や地味な出で立ちの女性を想像していた。

しかしそれは大きな間違い。

女性らしい体躯を包むクリーム色のドレスエプロンは職人風ではあるものの、白猫と表現すべきその人物は、超が付くほどの美人なお姉さんだった。

「あっ、えっと……」

この人、さっき僕のことを〝子猫ちゃん〟って言ったよね？

これでも少し前に召喚の儀を執り行なった成人男性なのに……さて、なんと返したものか。

しかし答えを見つけるより先に、ペルシャさんが動いた。

視界が不明瞭な中、道具の山々を器用に避けて、彼女が僕の前までやって来る。

軽やかに地面を踏むのは真っ白な素足だった。

少し身長が高いこともあり、僕を間近から見下ろす形でピタっと止まる。

そして再び聞いてきた。

「何かご用かな？　お嬢さん？」

先刻と同じ、語尾を丸めるような高い声。

この小屋に入ってからずっと感じていたけど、僕のことを見るペルシャさんの視線が、なんだか妙に柔らかい。

僕は依頼の件を切り出す前に、彼女の勘違いを正しておくことにした。

「あの、僕、男です」

「えっ⁉」

ペルシャさんは若干目尻の吊り上がった碧眼をきょとんと見開く。

次いで僕の体をあちこち撫でるように見回し、気の抜けた声を上げた。

「あ、あれ？　ごめんごめん。可愛い顔してるから、つい。……ちょっと目が疲れてるのかな？」

そう言って苦笑した彼女は、両手でごしごしと目を擦る。

まあずっとこんな暗い所にいたら、目の調子が悪くなるのも無理はない。

そしてペルシャさんは小屋の壁際まで歩いて行って、魔石入りのランプを調整して、明かりを強めた。

先ほどよりわずかに明るくなった部屋の中で、ペルシャさんとぴったり目が合う。

「おぉ、本当だ！　よく見たら可愛い女の子じゃなくて、可愛い男の子じゃん！　可愛い可愛い！」

急にテンションが上がったらしいペルシャさんは、なぜか僕の頭を撫ではじめる。

ライムは今僕の腕の中にいるので、それを防いでくれる者は誰もいない。

年上のお姉さんによしよしされるという展開はちょっぴり嬉しくもあったが、僕はそれを隠して振り払おうとする。

「ちょ、あの、やめてく……」

そのとき、不意に背中に突き刺さるような視線を感じた。

弾かれるように後ろを振り向くと、そこにはミュウを抱えた黒髪おさげの少女が。

もしかして今のはクロリア？

でも、普通の顔をしている。僕の勘違いかな？

疑問と冷や汗を同時に滲ませていると、そのクロリアがようやく第一声を発した。

「私たち、ペルシャさんに魔石鑑定の依頼をしたくて来たんです」

淡々とした口調は、不思議と自分が怒られているみたいに思えて、僕はなぜか再び冷や汗を掻いてしまう。

するとペルシャさんは、僕の髪から手を放し、軽く笑って応えた。

「あっ、そうだったの？　じゃあ君たち冒険者かな？　どうりで普通の子供じゃないと思った」

そう言って彼女は床に散らかっている道具を足で避けて、スペースを設ける。

その中心に椅子とテーブルを置いてから、ぐーんと背伸びをした。

そして彼女は背を向けながら、首だけ巡らせてこちらを見る。

「お茶でも飲みながら、依頼のこと聞かせてよ」

十分後。

「そっかそっか、君たちグロッソの街から来たのか。で、そこいらで取れた魔石をあたしに鑑定してほしいと」

「は、はい。そうです」

僕たちはペルシャさんに出してもらった独特の風味のお茶を啜りつつ、今回の依頼内容について話し終えた。

現在多発している野生モンスターのレベル変動。

それに伴ってモンスターの強さ、魔石レートも大きく変わり、鑑定士による魔石鑑定が必要だという旨を、僕たちは丁寧に説明した。

まあ、話しはじめてすぐに、ペルシャさんは大体見当がついたみたいだけど。

それでも彼女は僕たちの話を嬉しそうに聞き続けて、ようやく今に至る。

「グロッソの街ねぇ……ということは君たち、シャルムさんに頼まれてここまで来たって感じかな?」

「えっ？　な、なんで分かるんですか？」

ペルシャさんの口から思いがけない名前が出てきて、僕は目を見開く。

そんな僕を見て〝ニャハハやっぱりかぁ〟と彼女は愉快そうに笑う。

彼女は卓上に目を落とし、カップの縁を指でなぞりながら言う。

「いやぁ、あたしも以前グロッソの街にいたことがあってねぇ、そのときシャルムさんに一回つかま――」

「……？」

唐突に途切れた台詞に、僕とクロリアは首を傾げる。

ペルシャさんは額からだらだらと不思議な汗を流しながら、慌てた様子で続きを口にした。

「つ、つーかまあ、あれだな、私の話はどうでもいいな。それよりも、さっそく魔石を見せていただこうか」

「は、はい」

なんだか忙しい人だなぁ――なんて思いつつ、僕は椅子の隣に置いていたカバンをテーブルの上に載せる。

口を絞っていた紐を緩めて、ペルシャさんに中身を見せた。

魔石鑑定士である彼女は、大量の魔石を見つめて言う。

「うわぁ、いっぱい持ってきたね」

「……大変ですか？」

「いやいや、そんなことはないよ。魔石見るの楽しいし、あたし魔石大好きだし」

彼女はかぶりを振って、最後はにっこり微笑む。

「そんじゃ、さっそくやっちゃいますか」

ペルシャさんはそう言って、袖を捲るような仕草をして意気込んだ。

僕たちは、膝上の従魔を撫でながらその姿を見つめる。

やっちゃうということは、今から魔石鑑定をするのだろうか。

果たしてどんな風に魔石を調べるのかな？

そう疑問を抱いた僕は、特に何も考えずにペルシャさんに聞いた。

「よかったら、少しだけ見せてもらってもいいですか？」

「……？　別にいいけど、あんまり楽しいもんじゃないと思うよ」

それでもいいなら、ということだったので、僕たちは魔石鑑定を見学させてもらうことにした。

人生初。どんな風に魔石を調べているのか、見当もつかない。

内心わくわくする僕の前で、ペルシャさんはカバンの中から魔石を一つ取り出して、器用に指先で弾いた。

ころんと卓上に乗っかったのを確認すると、不意に背後に声を掛ける。

「シロ、おいで」

「にゃ〜う」

すると、彼女の後方から欠伸混じりの鳴き声が上がり、一つの白い影が飛んできた。

いったいどこにいたの⁉

驚く暇もなく、それはペルシャさんの頭上を通過し、音も立てずに彼女の膝上に着地する。

僕とクロリアはペルシャさんの向かいの席についていたので、必然的に〝それ〟と目が合うことになった。

ふさふさの白い毛。もふっとしている耳。ライムたちと変わらない、ちんまりした体躯。ふてぶてしそうに細められた目は嫌味な様子がまったくなく、むしろ愛くるしさが漂ってくる。

瞬きに合わせて耳がピコピコと動くのも特徴的だ。

そんな四足歩行の獣を前にして、僕は思わず〝はわぁぁぁ〟と気の抜けた声を上げてしまった。

……か、可愛い。

今すぐ抱きついて白い毛を触りたい。あわよくば頬っぺたをスリスリしたい。

正直、今まで会ったモンスターの中で一番……いやいや、もちろん相棒であるライムも恐ろしいほど可愛いのだけど。

でもやっぱり、この子には何か一味違う可愛らしさが……

何かのスキルに当てられたかのように錯乱している僕を不審そうに眺めながら、クロリアはペルシャさんに問いかける。

「それってもしかして、本物の猫ですか？」

「うん、そうだよ。神獣種のホワイトキャット。私の従魔なんだ。……もしよかったら、後で触る？」

まるで僕の願望を察したかのように、悪戯な笑みを僕に向けてペルシャさんは言う。

一瞬の間を置いて、僕はこくこくと頷いた。

猫……話でしか聞いたことがないけど、とても珍しいモンスターらしい。

ゆえに、神獣種という仰々しい種族名が適用されているようだ。

神獣種とは、通常のモンスターとは違って、希少性や特異性を大きく買われたモンスターたちのこと。

たとえば、その中にはドラゴンも含まれる。

希少性はもちろん、強大な力を備えているということで、神獣種認定されている。

これらのモンスターは特殊な力を扱えるということなので、ペルシャさんの従魔も相応の力を持っているに違いない。

ちなみに、モンスターの種族を決めているのは人間だ。

モンスターのランクや固有名は女神(めがみ)様が定めているんだけど、モンスターを外見や特性で獣種や植物種、亜人種や悪魔種といった形に分類しているのは人間側。

ともあれ、後で触らせてもらおう。

密かにそう決意しているうちに、魔石鑑定が始まった。

「シロ、行くよ」

「にゃ～う」

彼女は自らの相棒に呼びかけて、よしよしと白い頭を撫でた。

次いで、顎を数回すりすりした後、その手を止めて、ニッと笑みを浮かべる。

「【幼猫視界(キトンサイト)】」

ペルシャさんのその声に反応したシロちゃんは、彼女の膝の上から卓上の魔石を鋭く睨みつけた。

それで可愛らしさがなくなったかといえば、そんなことはなく、むしろ余計に愛くるしさが感じられる。

その様子を確認したペルシャさんは、再びスキル名らしきものをシロちゃんに唱(とな)えた。

「【迷猫監視(サイトシェア)】」

二つ目のスキルを命じると、今度はペルシャさんもシロちゃんのように魔石を睨みつ

けた。

次いで、手近なところにあった紙とペンを取り、何やら筆を走らせはじめる。

それが終わると、〝はい〟とこちらにその紙を渡してくれた。

僕とクロリアは同時に紙に目を落とす。

モンスター：ウィザートレント
レベル：14
スキル：【吸収木蔓(ドレインヴァイン)】
魔石効果：植物などから養分を吸い取り枯らす。

ここに書かれているのはもしかして、魔石の情報？

確かに、彼女とシロちゃんが睨みつけている魔石は、僕たちも目にしたことがあるウィザートレントの魔石だ。

この街に来る前に聞いていた情報どおり、レベルは14。スキルや魔石効果は知らなかったけど、これは間違いなくあの魔石の情報だ。

ということは、今のが魔石鑑定？

あまりにもあっけなく、一瞬で終わってしまった魔石鑑定に驚き、僕は信じられないとばかりにペルシャさんに聞いた。

「い、今のが、魔石鑑定ですか？」

きょとんと小首を傾げたお姉さんは、僕の様子を見てこくりと頷く。

「うん、そうだよ。もしかして、初めて見た？」

「は、はい」

「そっか。どうりで面白くもない魔石鑑定を見たがったわけだ」

そう言った彼女は、膝上で可愛らしい欠伸をするシロちゃんを撫でて、具体的な説明をしてくれた。

「ご覧の通り、今のは、シロのスキルを使った魔石鑑定だよ。最初のスキルは対象の内的情報を見るもの。それで二つめは、シロが見ている世界を私も見ることができるようになる、視界を共有するスキルだよ。それを組み合わせて、魔石鑑定をしてるんだ」

僕とクロリアは〝へぇ〜〟と声を合わせていた。

確かに神獣種と呼び名が付くほどに珍しい力だ。

魔石鑑定士は従魔の力を借りて魔石鑑定をするとは聞いていたけど、まさかあの一瞬で終わらせてしまうとは驚きだ。

てっきり、もっと複雑なスキルや工具を使って、大掛かりな作業をするものだとばかり思っていた。

他の魔石鑑定士さんはどうなんだろう？

次なる疑問が泡のように浮上して、再び彼女に問いかける。

「じゃ、じゃあ、他の魔石鑑定士さんも……？」

「うんにゃ、こういうやり方をしているのは、私だけだと思うよ。ていうか、それぞれまったく違う方法で魔石鑑定をしてるはず。従魔も違うだろうし」

「へ、へぇ」

テイマーがいろいろな従魔を従えているのと同じで、魔石鑑定士にも色々と種類がある。

当然、鑑定方法も違ってくるということだろう。

でも、きっと他の魔石鑑定士の従魔も、シロちゃんと同じくらい特殊なスキルを持っているんだろうなぁ。

シロちゃんと同じくらい可愛い従魔だって、いるかもしれない。

人知れず想像を膨らませる僕に続き、今度はクロリアがペルシャさんに質問した。

「二つもスキルを使って魔石鑑定をして、シロちゃんは疲れたりしないんですか？」

「そりゃ、じっと魔石を見てると疲れるだろうけど、スキルそのものの体力消耗はほとんどないんじゃないかな？　むしろ疲れるのは私の方。シロのためにも急いで仕事を終わらせようとして、もう手が痛くなっちゃって。……ここ最近は依頼も多いしね」

「そうなんですか」

苦笑するペルシャさんに、クロリアはこくこくと頷く。

そんな中僕は、彼女達の会話から新たな疑問を抱いていた。

僕たちがここに来た意味と、その原因について。

今までとは打って変わって、僕は少し緊張感を増してペルシャさんに聞いた。

「魔石鑑定の依頼がたくさん来るってことは、同じように〝情報〟もたくさん入って来るんですか？」

「んっ？」

少し雰囲気の変わった質問に、彼女はぎゅっと眉を寄せた。

そして顎に握り拳を当てて、思案顔で答える。

「ん、まあ、それなりにね。たまにギルドに情報提供することもあるし」

――やっぱり。

ならもしかしたら、あのことについて詳しく知っているかもしれない。

ここまで色々聞いてしまったんだし、払える疑問は今のうちに払っておいた方がいいはず。

魔石運びの依頼を受けた時点で、僕たちも無関係とは言えなくなってしまったのだから。

でもこればっかりは、教えてくれないかもなぁ……なんて思いながら、僕はダメもとで質問してみた。

「も、もしよかったら、今回の事件について詳しく教えてもらえませんか？」

「……今回の事件？」

「はい」

言葉足らずなその問いに、ペルシャさんだけでなくクロリアも疑問符を浮かべた。

そして僕は改めて、その事件の名を口にする。

「野生モンスターの、レベル変動事件についてです」

＊＊＊＊＊

「そっか、君たち本当に何も聞かされてないんだね」

野生モンスターのレベル変動事件について、ペルシャさんと話はじめて数分。

僕たちは彼女に淹れなおしてもらったお茶を啜りながら、現段階で自分たちが知っていることを整理した。

最近、この辺りの野生モンスターたちのレベルが変動しているが、原因は不明。現在至るところで調査が進められている。

そして、自分たちもその事件の一端に関わり、こうして魔石運びをしているのだ。

だが、こうして改めて振り返ると、僕たちは本当に何も知らないのだと痛感した。

僕たちはギルド――というか、シャルムさんからの直々の指名に浮かれているばっかりで、事件についての詳細をまるで知ろうとしていなかった。

ただ言われたことをやろうとしていただけ。

もちろん、依頼を忠実にこなすのは、冒険者として正しい姿勢だ。

一方で、〝行き先を知らずに道を選んでも、ただの迷子と変わらない。冒険者たるもの、常に己の冒険の意味を問うべし〟と、どこかの冒険譚にあった台詞が脳裏をよぎる。

それで僕は、色々と知っていそうなペルシャさんに事件のことを聞いてみたのだ。

このまま魔石運びだけして、はい終わり、じゃあモヤモヤするし。

それに、ペルシャさんも同じ意見らしく――

「んん〜、まあ、事件の対処のために魔石運びの依頼だけこなして、何も教えてもらえないんじゃ、ちょっと可哀そうだねぇ。別にあたしはギルドの人間でもないから、まあいいか。変に嗅ぎ回って、間違った情報に当たっちゃうのもマズイしね〜」

――と、軽く了承してくれた。

鑑定結果以外のことは教えてくれないかもと心配だったけど、色々話したおかげで気が緩んでいるのかもしれない。

何はともあれ、気にかかっていたことが解消できそうで本当によかった。

しかし……

「その代わり、たくさん質問をされたからというわけじゃないけど、今度お姉さんが困っているときは、助けてちょうだいね」

「……は、はい」

質問攻めの代償は、決して小さくはないようだった。

「そうだなぁ。じゃあまずは何から話そうか……」

ペルシャさんは眉間にしわを寄せて、むむむと考えた。

僕は今、ペルシャさんに了承を得て、神獣種のシロちゃんを膝上に乗っけている。

彼女の言葉を待つ傍ら、シロちゃんの背中を撫でながら、少し冷めてしまったお茶を啜って間を繋いでいた。

その間、相棒のライムは頭の上から身を乗り出して、シロちゃんになんとも言いがたい視線を向けている。

膝上を取られた嫉妬、なのかな？

その気持ちも考慮して、ライムの頭もさすさすと撫でてあげた。

なんか、可愛いモンスターたちに囲まれて幸せだ。

思いがけず訪れた貴重な瞬間を、無駄にはするまい……なんて呑気なことを考えていると、ペルシャさんが少し躊躇いがちに口を開いた。

「『不正な通り道』って……知ってる？」

唐突なその質問に、僕とクロリア、それからライムとミュウもきょとんと首を傾げる。

「ローグパス……ですか？」

「そそ」

僕の返しに、ペルシャさんは卓上のお茶菓子を口に放り込みながら頷いた。

そしてお茶を一口啜って続ける。

「〝不正な通り道〟と称されるローグパス。今回の野生モンスターレベル変動事件の鍵となるアイテムさ」

次いで彼女は、こちらを試すように問いかけてくる。

「ねえルゥ君。自分の従魔を強くする方法って、何があるかな？」

「えっ……？」

その問いになんの意味があるのかさっぱり分からず、僕は困惑する。

だけど、テイマーとしての知識を試されているような気がしたので、必死に頭を振り絞ってみた。

「えっと、野生モンスターを倒したり、他人の従魔と戦ったりしてレベルを上げる。あとは自己鍛錬(たんれん)をして、戦闘技術を高める……じゃないですかね」

「うん、そうだね。考えられるのはそれくらいだよ」

ペルシャさんがうんうん頷くのを見て、内心ほっとする。

よかった。不正解というわけではなさそうだ。

テイマーとしてまだ知らないことがあるっていうのは、痛いほど分かった。

だけど、従魔を強くする方法はどこも同じのようだ。

しかしペルシャさんは、胸を撫で下ろす僕に、とんでもないことをさらりと言ってのけた。

「でね、その『不正な通り道（ローグパス）』っていうのは、そんな面倒なことをしなくても、〝使うだけ〟でモンスターのレベルを上げられちゃう、とんでもアイテムなのさ」

『えっ⁉』

耳を疑うようなその情報に、僕とクロリアの両方が驚きの声を上げた。

それが聞き間違いでないか、思わず問いただす。

「つ、使うだけって、そんな簡単なことでモンスターのレベルを上げられるんですか⁉」

「うん、そう。……らしいよ。実際に見たわけじゃないからなんとも言えないけど」

微妙（びみょう）な言い回しではあったが、ペルシャさんは肯定（こうてい）した。

使うだけでモンスターのレベルを上げられるアイテム。

もし本当にそんなものがあるのだとしたら、世界中のテイマーにとって夢のようなアイテムになるではないか。

驚愕のあまり言葉を失っていると、彼女は念を押すように続けた。

「そのアイテムがどんな形状をしているのか分からないし、使用方法も不確か。存在そのものだってあやふやだから、ここからは話半分に聞いてね」

しばし呆然としながらも、ゆっくり頷いて、続きを促す僕たち。

やがて彼女は、そのとんでもアイテムについて語りはじめた。

「使うだけでモンスターのレベルを上げられる、まさに絵に描いたような理想のアイテム。それがあれば危険なレベル上げをする必要もなくなるし、突破困難とされているビギナーズライン（レベル１０）も、ミドルライン（レベル２０）も、果てはマスターライン（レベル３０）だって、かる〜く越えられちゃうだろうね。……でも、そんな美味しい話があるはずないんだよ」

声を低くして語られたその言葉に、僕は背筋に寒いものを感じる。

「その『不正な通り道』には副作用があるんだよ。レベルを上げるだけじゃなくて、逆にレベルを下げる効果も発生することがある。さらに、主従関係が解かれて暴走することもあるし、モンスターの特性やスキルが封じられてしまうこともあるそうだね。体が弱いモンスターの場合は、最悪……死に至ることも」

だからローグパス……不正な通り道なんだよ——彼女は重々しい口調で改めてそう言った。

最悪の場合、死ぬ。

その言葉を完全に呑み込むまでに、多少の時間が掛かった。

そして、自分が今どれだけ大きな事件に首を突っ込んでいるのかを、遅まきながら理解した。

「それが、今回の事件の鍵……っていうことは？」

僕は一言ずつ噛みしめるように言う。

ペルシャさんはライトブルーの目を細め、声音を低くして答えた。

「誰かが意図的に、その『不正な通り道（ローグパス）』を野生モンスターに投与（とうよ）してる、って話さ」

「……!?」

誰かが、意図的に……そんな危険なものを、野生モンスターに投与？

その答えに、僕は大きく目を見張った。

そして半ば独り言（ひとりごと）のように呟く。

「いったい……なんのつもりで……」

「実験、のつもりなんだろうね。『不正な通り道（ローグパス）』は使いようによっては、野生モンスターの弱体化にも利用できる。単純に長所だけを見ればテイマーにとって夢のアイテムだしさ。個体によって効果が変動するから、いろんなモンスターで試してるんじゃないかな。まあ、これはあたしの見解だけど」

ペルシャさんはそう言うと、ズズズとお茶を啜って乾いた喉を潤（うるお）した。

僕の隣に座るクロリアは、頭の整理をするように難しい顔でカップに目を落としている。

各地で起きている野生モンスターのレベル変動。それに伴って増える野生モンスターからの被害、魔石レートの変動。

『不正な通り道(ローグパス)』を起点に、今回の『野生モンスターのレベル変動事件』が起きていたんだ。

ここまで大事になってもなお、その実験を続けているなんて……

「いったい誰がそんなことを……」

「おおっと！　ここから先はダメダメ！　さすがにこれ以上首を突っ込むと、君たちの身が危なくなるよ！」

僕が不意に零した問いに、ペルシャさんは激しく首を振る。

その過敏(かびん)な反応に、僕は訝しげな視線を彼女に向けた。

「もしかして、何か知っているんですか？」

「えっ……？　えっと、まあ、誰っていうか、〝どんな組織がやっているのか〟は、あたしは見当がついてるけど……。でも、ダメだからね！　これは勿体(もったい)ぶってるんじゃなくて、君たちの身を案じてのこと。〝名前を知ったからには〟ってやつだよ」

「……そう、ですか」

そう言われてしまっては、無理に聞き出すことはできない。

僕は若干煮え切らない思いを抱えながらも、口を閉じた。

まあ、今のだけでも充分情報は得られた。

今回の事件を引き起こしたのは、個人ではなく、もっと大人数の組織だ。

ここまで大規模に影響が出ているので、なんとなくそんな気はしていたけど。

しかし、名前を知っただけで危なくなるなんて、いったいどんな組織なんだろう？

まるで物語に出てくる悪役みたいだ——なんて、呑気に考えていると、今度はクロリアが疑問の言葉を口をした。

「それにしても、ペルシャさんは冒険者でもないのに、よくそこまで事件の情報が集められましたね。普通に魔石鑑定の依頼を引き受けているだけでは、詳しい情報は手に入らないんじゃないですか？」

「おお！　いいところに気付くね、おさげちゃん。確かに魔石鑑定をやっているだけじゃ、ここまで事件の情報は手に入らなかったと思うよ。……でもね、そうじゃないから手に入ったの」

「……？　それって……」

黒髪おさげを揺らしながら首を傾げるクロリアに、ペルシャさんは苦笑しながら言った。

「まあ簡単に言っちゃうと、『不正な通り道（ローグパス）』の正体が『魔石加工品』だって噂が流れたからさ」

「魔石……加工品？　それって魔石製品とか魔石武具のことですか？」

「そそ。あたし、趣味で魔石加工もしてるんだよ」

ペルシャさんは、先ほど足でどけた道具の一つを拾い上げ、それをクロリアに渡した。

見たところ、手持ち用ランプみたいだ。

道具を受け取ったクロリアは、不思議そうな顔でそれを見つめる。

するとペルシャさんは、にゃははと笑いながら続けた。

「これが、ことごとく失敗作ばっかりでねぇ……怪しげな作品しか作れないのさ。……たまに爆発するし」

それを聞いた瞬間、クロリアが〝ひゃあ！〟と驚いて、握っていた道具を放り投げた。

ぽーんと打ち上がったそれは、上手い具合に僕の手元まで落ちてくる。

僕のところで爆発したらどうするんだよ……と、じっとりした視線を向ける。

ペルシャさんは僕らの混乱など気にせず、頬を掻きながら続けた。

「……そのせいであたしが『不正な通り道』を作ったんじゃないかと疑われちゃってさ、散々な目に遭ったよ。まあ、おかげでずいぶん事件のことを知ることができたんだけど」

そう語る彼女を見ながら、僕は手元の道具を慎重に床に置く。

次いで部屋の中を見回して、雑然と並ぶ道具の数々に目を向けた。

ペルシャさんの言うとおりなら、これらは全部彼女の自作の魔石道具ということになる。

よくこれほどまでの魔石加工ができたものだ。

僕は、部屋の壁や床に散らばっている道具を見つめながら、新たな疑問を口にする。

「魔石を加工しただけで、本当にその『不正な通り道（ローグパス）』が作れるんですか？」

「うう〜ん……作れないことはない、ってところかな。世の中には特殊な魔石が数多く存在するし、誰も知らないような加工方法もあるから。……まあこれは趣味で魔石加工をしているあたしの、ちょっとした意地で言っている見解だから、あんまり信用しないでね」

パチリと可愛らしいウインクをするペルシャさんだけど、僕の注意は周囲の道具たちに向けられている。

そのことがちょっと気に障（さわ）ったのか、彼女は悪戯な笑みを浮かべて言った。

「よかったら一つ持ってく？」

「……え、遠慮しておきます」

苦笑する僕を見て、ペルシャさんはさらに笑みを深めた。

そしてパンと両手を打ち合わせて席を立つ。

「さてと、もう日も傾いてきちゃったし、そろそろお開きにしようか」

「えっ……？」

そう言われて壁の小窓を見ると、橙色（だいだい）の光が細々と漏れていた。

確かテイマーズストリートに着いたのがお昼ごろ。ギルドに寄ってひと悶着（もんちゃく）あったけど、その後すぐここに来たから、あまり遅い時間ではなかったはず。

かなり長い時間、僕たちはこの部屋に居座ってしまったようだ。

今さらそのことに気付いた僕たちは、急いでお暇する準備を整える。

膝の上で丸くなっているシロちゃんを最後に一撫でしてからペルシャさんに返して、僕は席を立った。

そして改めてペルシャさんに向きなおる。

「あ、あの……」

「……？」

「お仕事中に長々と申し訳ありませんでした。その……貴重なお時間を……」

「な～に畏まってんのさ！　別にいいってば、あたしも楽しかったし」

笑いながらバンバンと背中を叩いてくるペルシャさんは、なんだか気前のいいお姉ちゃんのようだ。

なんてことを考えて密かに頬を緩ませていると、彼女は笑みを絶やさずに続けた。

「明日のお昼には全部の魔石鑑定を終えておくから、その頃になったら取りに来て。あっ、あとそれから、さっき教えたことは、くれぐれも内密にね。特に一般の人たちには」

「は、はい」

人差し指を口に当てて、お茶目に忠告するペルシャさん。

気楽な雰囲気で誤魔化してくれたが、『不正な通り道』のことは絶対に秘密にしなければならない。

もし噂が一般の人たちの知るところになって、変な興味を持ってしまう人がいたら、今とは比べものにならない大事件に発展しかねないからだ。

簡単にレベルを上げられると思って『不正な通り道』を求める者。遊び半分で試す者。あるいは、嫌がらせにも利用できそうだ。少し考えただけでも色々な危険が浮かんでくる。

だからこのことは内密に。

知っている人たちも、そういう理由で口を閉ざしているんだ。

いっそ情報公開して大々的に事件対策に打って出るというのも手では……なんて危なっかしい考えが脳裏を掠めるけど、それを判断するのは冒険者ギルド。

僕たちが勝手に話を広めるわけにはいかない。最悪、ペルシャさんみたいに犯人扱いされてしまうだろうし。

それに、ペルシャさんの言った〝組織〟についても気になるところだ。

その人たちは、どんな目的で『野生モンスターのレベル変動事件』……いや、『ローグパス事件』を起こしたのだろう？

そのアイテムの危険さを知ってもなお、なぜ実験を続けるのか？

疑問は膨れ上がるばかり。

ペルシャ・アイボリーさんの魔石鑑定所を後にした僕は、漠然とその組織の存在を頭に思い描いた。

7

魔石鑑定所『ペルシャ・スタジオ』を後にした僕たちは、宿屋を探すことにした。

明日のお昼に魔石の鑑定結果を教えてもらう予定なので、今晩はこの街で一泊する。

上手くいけば明日の午後にはグロッソへの帰路に就くことが可能だ。

鑑定所は街の端に位置しているので、明日また来ることを考えると、ここからなるべく近い宿屋を探したい。

さらに付け加えるなら、なるべく安いところ。お財布の軽い僕たちからしたら、一番重要視したい条件でもある。

しかし、旅の疲れもあり、今すぐ休みたいという欲望に負けて、僕たちは裏路地を出て最初に目についた宿屋に入った。

部屋を二つ取り、そのままライムとともに気を失うようにベッドに倒れ込む。

隣のクロリアたちも同じくらい疲れているかな。

ペルシャさんのもとを訪ねるまでずっと動きっぱなしだったし、あんな話を聞いた後では、頭の方も疲弊してしまう。

彼女が言っていた『不正な通り道』と謎の組織について。

すべて、事実なのだろうか？

ペルシャさんを疑うわけではないが、使うだけでレベルが上がるアイテムだなんて、あまりに荒唐無稽な話だ。まして、正体不明な危険組織が大規模な実験を行なっているなんて考えもしなかった。

一方で、僕らが知らない裏の世界があるんだとしたら、そういう危険な物が実在しても不思議ではないとも思えてくる。

きっとクロリアも、このモヤモヤを感じているはずだ。

それについて彼女とじっくり話し合いたい気もするけれど、一度部屋に引っ込んだ後で、また無理に呼び出すのは気が引ける。

まあ、明日になれば話す機会くらい、いくらでもあるだろう。

今はとりあえず体を休めなくては。

そう決めた僕は、ゆっくりと瞼を閉じ、眠ろうとする。

しかし、育ち盛りの少年の体は、それを許さない。

ぐぅーっと控えめな音が腹部から響き、この街に来てからまともに食事をしていなかったことを思い出させる。

ペルシャさんに出してもらったお茶菓子はとても美味しかったけれど、食べ盛りの僕としてはちょっと物足りなかったかな。

確か宿の一階は食堂になっていた。安くてすぐに用意できるものを何か出してもらおう……なんて考えながら、眠気を空腹に上書きされた僕は、ゆっくり体を起こす。

だがそこで、右腕にわずかな重さを感じた。

「んっ？」

見ると、そこには相棒の気持ちよさそうな寝顔があった。

ライムは僕の右腕を枕代わりにして、すぴーすぴーと控えめな寝息を立てている。

こりゃ困ったな、と苦笑しながらも、僕はライムの寝顔を感慨深く見つめた。

そういえばこの子も、ずっと働きっぱなしだったな。

この街に来るまでの間、その小さな体からは考えられない力を出して、数々の戦いに勝利してくれた。

指示を出す方もそれなりに疲れるけれど、実際に戦う従魔の疲労はその比ではない。

考えてみれば、今日はずっと眠そうにしていた。

それにギルド本部では、言い負かされそうになっているところを助けてくれたし、少しくらいは相棒を優先しよう。

僕はライムを起こさないように再び体を横たえると、腕の中の相棒に伝え忘れていたことを言う。

「ありがとね、ライム」

あのとき助けてくれて。

ほとんど聞こえないくらいの囁き声でそう告げると、ライムは微かに身をよじった。

僕はくすっと小さく笑い、ライムの寝息を子守唄代わりにして、今度こそ瞼をゆっくり閉じた。

＊＊＊＊＊

みんなが寝静まる夜間。

明かりは消え、昼間のお祭り騒ぎもすっかり鳴りを潜め、街は静寂に包まれていた。

僕とライムは夜の闇に溶け込むように、ベッドに横になり、目を閉じている。

すぴーすぴーという規則正しいライムの寝息を聞きながら、僕はようやく本格的な睡眠に片足を突っ込みかけていた。

しかし……

「グオォォォォォ！！！」

身の毛もよだつ大響声が、僕の意識を無理に覚醒させた。

弾かれるように飛び起きる。

同じくライムもベッドの上でぴょんと跳ねて、あたふたと驚いていた。

次いで聞こえてくる男の叫び。

「うわあぁぁぁ！」

間違いなく、外から聞こえたものだった。

いったいこんな時間になんだというのか？

僕は部屋の小窓を開けて宿屋の前の通りを見下ろすが、街の中心から外れた場所ということもあって、通りはすっかり暗闇に包まれていた。

わずかに見えるのは、まばらに置かれた街灯の小さな光。

しかし目を凝らすと、その光のうちの一つに、先刻の叫びを上げたと思われる男の姿があった。

彼は何かに怯えるように街灯にしがみつき、通りの奥を見つめて震えている。

男は右腕を押さえていて、衣服には血痕らしき赤い染みがついているのが見える。

まさか、誰かに襲われている？

縁起でもないことを僕は考えてしまった。

しかしそれは妄想や空想ではなく、今まさにその場で起きている現実だった。

「なに……あれ……？」

暗闇の奥から、一つの影が彼のもとに歩み寄ってくる。

二本の太い足で立ち、同じく大きな両腕をぶらりと下げていた。

男は見る限り僕よりも身長がかなり高いけど、その影は優に男を見下ろせるくらい巨大だ。

やがて街灯の光が当たるところまで来ると、その姿がより鮮明に映る。

「……っ⁉」

思わず僕は息を呑んだ。

男を襲っているのが、見間違いようもなくモンスターだったからだ。

茶色の毛に覆われた大柄な体躯。

丸太のように逞しい四肢に、ナイフと同じくらい鋭い黒爪。

男を睨むその目は暗闇の中でも真っ赤に光り、口からは凶悪な牙を覗かせて威嚇している。

何よりも特徴的なのは、恐ろしい外見に不釣り合いな、可愛らしい丸耳と、憎むに憎みきれない大きな黒い鼻。

記憶が確かなら、何度か冒険譚で見たことがある。

「……ミーク、ベア」

獣種のモンスター、ミークベア。

この辺りでは滅多に見かけない珍しい種族で、人を軽々と投げ飛ばしそうな巨躯とは裏腹に、とても温厚な性格の熊型モンスターとのことだ。

一部では癒やし系とも言われているくらいだという。

あれがそのミークベア？

でも、なんであの男を襲っているんだ？

こんな夜中にわけの分からない出来事を目撃して、僕は混乱する。

しかし気付いたときにはベッドの上にいた相棒を抱えて、部屋から飛び出していた。

それに応えてくれるように、ライムは頭の上に移動して〝キュル！〟と気合の入った鳴き声を上げる。

何が起きているのか、正直わけが分からない。だけど、あの人を助けなきゃいけないことだけは間違いない。

部屋に籠もっていれば安全で、きっと他の誰かが助けてくれるかも——なんて、甘い考えは抱きたくない。

それに、何か引っかかる。

どうして街の中でモンスターが暴れているのか。

テイマーズストリートの入口は警備が厳重で、街の周囲には高い壁が巡らされている。

野生のモンスターが入り込む余地はない。

嫌な想像の断片が脳内で絡まる。

そんなことを考えながらも、宿屋の階段を駆け下りて、通りに飛び出した。

すかさず先ほどの街灯の下へと目を向ける。

そこには、先ほど見た怯える男と、今まさに爪を振り下ろそうとしているミークベアの姿が。

声を張り上げて、僕は叫ぶ。

「ライム、【限界突破】！」

「キュルキュル！」

瞬間、頭の上のライムが燃えるように赤く染まった。

次いで地面に下りて、男のもとへと跳ぶ。

身体強化スキルによって補強された素早さで、ライムは一筋の赤い流星となって、地面すれすれを滑空する。

直後、ライムがミークベアの横腹に激突し、間一髪で攻撃を停止させた。

毛深い巨躯はそのまま真横に吹き飛び、暗闇の奥へと姿を消す。

遅れて現場に着いた僕は、目を丸くする男に問いかけた。

「だ、大丈夫ですか⁉」

「……あ、あぁ」

彼はぎこちない頷きを返す。

見ると大きな傷は、押さえている右腕にあるものだけのようで、命にかかわることはない。

内心ほっとしたものの、まだ危険は去っていないのだと思い至り、改めて身構える。

ここはどうするべきか。

ひとまずこの人は助けられた。

じきに騒ぎに気付いた人たちが集まるだろう。

その人たちの中には、テイマーズストリートを拠点とする凄腕のテイマーもいくらか交じっているはず。

なら、彼を連れて一旦この場から逃げてやり過ごすのが正しいかもしれない。

ここは通りの奥まったところで、助けが来るまで少し時間が掛かるだろうけど、その間は宿屋に隠れて……

「グオォォォォ！」

考えを巡らせていると、ミークベアがそこらに置いてある用途(ようと)不明の木箱やら街灯やらを手当たり次第攻撃しはじめた。

先ほどライムに攻撃されたことが気に食わなかったのだろうか。

温厚な性格という情報はなんだったのか、獣種のモンスターらしい激しさで暴れはじめてしまう。

さすがにこれを放(ほう)って逃げ去るわけにはいかない。

すかさず僕は、暴走を止めるべくライムに命じる。

「ラ、ライム、ミークベアに体当たり！」

「キュルル！」

赤い体を震わせたライムは、先刻同様ミークベアの横腹に突進する。

しかし奴は足をぐっと踏ん張ってそれを受け止め、さっきみたいに吹き飛ぶことはなかった。

さらに、反撃としてナイフのように鋭い爪を振るってくるが、ライムはくるっと宙返り(ちゅうがえ)してそれを避ける。

どうも、あまり体当たりのダメージは入っていない様子だ。

仕方ない……こうなったら！

僕はお得意の技――【分裂】と【自爆遊戯(デッドリーボム)】を合わせた〝分裂爆弾〟で勝負を決めようとする。

独断でこの謎のモンスターを倒してしまうのはやや躊躇われるけど、街中で暴れて被害が出るよりはマシだろう。

僕はそう結論付けて、手を前に突きだす。スライムに命じるべく大きく息を吸い、スキル名を発しようとした。

その瞬間……

「ま、待ってくれ！」

後ろから、腕に傷を負った男の声が上がった。

思わず僕はびくっと震え、命令を待っていたライムもこちらを気にしてきょとんと首を傾げる。

すると彼は、暴れるミークベアを憐れむように見つめて、悲鳴にも似た叫びを上げた。

「あれは、俺の従魔なんだよ！」

「……えっ？」

彼が発した台詞に、僕は目を丸くして固まる。

混乱していた頭にさらなる衝撃が加わり、眼前の光景がぐらつく。

あのミークベアが、彼の従魔？

彼に傷を負わせ、そこら中にある物を壊しまくっている凶暴なモンスターが、彼自身の従魔だというのか？

じゃあなんで、主人である彼が従魔に襲われて……？

一瞬、不快に絡まった思考を解く糸口が見えた気がした。

「あのミークベアが、あなたの従魔？」

僕は敵への注意を緩めることなく、後方の男に問いかける。

「あぁ、そうだ」

彼は辛そうに顔をしかめながら頷く。

改めてそう聞かされて、僕は軽く目を見張った。

あのモンスターが誰かの従魔という可能性も、もちろん疑っていた。

街中に野生モンスターがいないとしたら、誰かの従魔が暴れていると考えるのは至って自然。

だからこそ僕は、あのミークベアを倒すことを躊躇っていた。

しかし、野生モンスターだろうと従魔だろうと、この現状を見れば危険で害を及ぼす存在でしかない。

苦しい選択だが、僕はミークベアを止めるために倒すことを決断した。

しかしその決意は、彼が発した台詞で、今一度大きく揺らいでしまった。

よもやあのモンスターの主人が、襲われていた彼自身だったなんて。

主人の目の前で従魔を倒せるはずがない。

そもそも、どうして彼は自分の従魔に襲われているのだろうか。

自分の従魔なら『主の声』一つで止めることもできるはずだし、襲われる理由だってない。

彼が自らの意思であの従魔を暴れさせ、自分自身に危害を加えるように指示したというなら話は別だが。

でも、それではこの状況とつじつまが合わない。

様々な疑問を抱きながら、僕は彼に尋ねる。

「ミークベアがあなたの従魔なら、どうして主人であるあなたを襲うんですか？　もしかして自分で……？」

「ん、んなバカなことするわけねえだろ！」

的確なツッコミをいただいてしまった。

まあ、そんなことするのは自殺志願者くらいのものだ。

くだらないことを口走ってしまった僕に呆れながら、彼は続ける。

「そ、そうじゃなくてだな……あいつは突然暴れ出したんだよ！」

「突然、ですか？」

「あ、あぁ。……って、おい！　前！」

彼に注意を促され、前方を見ると、目の前に腕を振り上げるミークベアがいた。

——油断した！

そう思ったのも一瞬、眼下（がんか）から赤い砲弾（ほうだん）が飛び出し、ミークベアの下顎（したあご）をドンッと突き上げる。

【限界突破(リミットブレイク)】を発動しているライムだ。

ライムの横槍(よこやり)により攻撃を停止させられたミークベアは、たたらを踏んで後退する。

一方ライムはそのミークベアの背後に回り、挑発するように〝キュルルル！〟と鳴いた。

僕はライムに命じる。

「ライム、そのままミークベアの注意を引きつけるんだ」

「キュルキュル！」

いい返事をしたライムは、ミークベアの視界で踊るように跳ね回りはじめる。

その隙に僕は、詳しい事情を確認するべく会話を再開させた。

「それで、突然暴れ出したっていうのは？」

「……あ、あぁ」

しばしライムのことを呆然と見つめていた彼は、たどたどしく語りだす。

話によると、彼らは最初、今夜泊まる宿を探して街を歩いていたそうだ。

しかし、遅い時間ということもあって、入れる宿がすぐには見つからず、途方に暮れていたらしい。

あちこち探している途中、用を足したくなった彼は、ミークベアを置いて裏路地に入った。ところが……

戻ってきた彼は、突然自分の従魔であるミークベアに襲われてしまったそうだ。

彼はただその場で待てと指示しただけで、怒らせるようなことは一切していない。

しかし、宥めようとしていくら呼びかけても、ミークベアはまるで言うことを聞いてくれなかった。

傷を負い、あわやというところで、僕とライムが駆けつけて、今に至る。

〝突然暴れ出した〟という彼の言葉は、本当にその通りの意味みたいだ。

怒って暴れ出すことすらほとんどありえないのに、一切言うことを聞かないなんて、まるで主従関係が解かれているみたいじゃないか。

どういうこと……なんだろう？

何か、引っかかる。

しかしミークベアの主人が後ろから声を掛けてきて、僕の思考は中断した。

「た、頼む！　これ以上、あいつが街を壊さないように止めてくれ！」

悲痛な声でそう懇願する彼の姿を見て、僕は従魔を労わる主人の気持ちを痛いほど感じた。

「暴れているあいつ自身を、これ以上苦しめたくないんだ。だから頼む。……スライムテイマーのあんたに、無理を言っているのは、重々承知しているが……」

彼は居心地悪そうに目を逸らし、苦渋に歯を食いしばる。

きっとスライムテイマーの僕と小さなライムに、こんなお願いをすることを申し訳なく思っているのだろう。

暴れぶりから見ても、ミークベアはCランクモンスター並の力を持っていると推測できる。

それに対して僕たちは、最低ランクのモンスターとそのテイマー。

勝ち目は薄い。薄すぎる。

でも……

「……大丈夫ですよ」

「……？」

俯(うつむ)いていた彼は、顔を上げてこちらを見る。

僕の言葉に、目を丸くしていた。

ミークベアが暴れている理由についてはまだ謎だ。下手をするとこの人が何か嘘をついている可能性だってある。

色々分からないことだらけで、頭の中はぐるぐるしている。でも、はっきりしているのは、今この人たちを助けなきゃいけないということだ。

僕は握り拳を胸に当てて、大きく息を吸い込む。

後ろに下がってきたライムも、ぴょんと跳ねて僕の声に合わせてくれた。

「任せてください！」

「キュルキュル！」

そして僕たちは一歩前に出る。

あの人の大切な従魔を止めるために、僕とライムは戦うことを決めた。

「ライム、ミークベアに体当たり！」

「キュルキュル！」

持続時間残りわずかの【限界突破（リミットブレイク）】を搾（しぼ）り尽くすように、ライムは赤熱した体で宙を舞った。

通常よりも数段威力の高い体当たりをミークベアに食らわせて、その巨躯を後方へ押しやる。しかしダメージは微々（びび）たるもの。

ミークベアは怒りの唸りを上げ、暴走を加速させる。

火に油を注（そそ）いだだけになってしまった。

殺さずに止める。確かに無茶かもしれない。

そもそも倒せるかどうかも怪しい状況で、戦い方に制限をつけることが間違いだ。

でも、僕たちがやらなきゃ、さらに街はひどいことになる。

そして、ミークベアはその事態を招（まね）いた元凶（げんきょう）として厳しい処分が下され、下手をすると暴走を止められなかった主人まで責任を問われるかもしれない。

それだけは絶対に阻止しなきゃ。

ミークベアだって、こんなこと望んでいないだろうから。

僕は暴走するミークベアを止める方法を必死に考える。

そして、今さらながら僕の後ろにいるのはその主人なのだと気付く。

弱点の一つでも知っているかもしれないと、僕は彼の方を振り返った。

しかし……

「な、なんだよ……あいつ」

「えっ？」

彼は、ライムとミークベアが交戦しているところを見て、目を丸くしていた。

次いで信じられないとばかりにぼそっと漏らす。

「あ、あいつ、あんなにすばしっこくなかったぞ」

「えっ？　それって……」

釣られて僕も、ライムとミークベアが戦う場面に目を移した。

先ほどからあちこちの物を壊しまくっている暴走ミークベア。

それを止めるべく、ライムは【限界突破】による体当たりを繰り返す。

しかし、最初は面白いくらい当たっていたライムの攻撃が、段々と躱されるようになっている。

体格から見ても、ミークベアは素早い動きができるようには思えない。【限界突破(リミットブレイク)】を使用せずとも、スピードはライムの方が勝っているはずだ。

でも、その見立ては間違っていたらしい。

ミークベアは軽やかに攻撃を避け、反撃に打って出る。

次第に圧倒されていくライム。

僕たちはその光景を驚いた様子で見守る。

実力と見解が、逆転(ぎゃくてん)していた。

その瞬間、雷のような閃きが、脳天を貫(つらぬ)く。

はっとなって息を呑み、僕は震える声で、ミークベアの主人に尋ねる。

「……あ、あの」

「……？」

「あの子のステータス、確認してもらえませんか」

「……べ、別にいいが」

僕のお願いに、彼は不思議そうな顔をして首を縦に振った。

彼は左の手に記されていたらしいミークベアのステータスに目を落とす。

「はっ⁉」

ミークベアのステータスを見るや否(いな)や、彼は大きな声を上げて驚いた。

そして誰に言うでもなく、掠れた声を漏らした。

「レベルが……上がってる」

「っ⁉」

その言葉で、頭の中で絡まっていた糸が完全に解けて、僕は人知れず体を震わせた。

「あ、あいつ、ビギナーズライン（レベル10）でずっと止まっていたはずなのに、いつの間にかレベル15になっている⁉」

五つもレベルが上がったとなると、ステータスの見忘れや誤差では済まされない。

ミークベアはビギナーズライン（レベル10）で止まっていた高ランクモンスター。最低ランクのモンスターとの戦闘でレベルが上がる可能性はほぼないと見ていい。

いつもの僕ならここで思考を停止させていたはずだ。

しかし、今は違う。

この不可思議な現象に、心当たりがある。

つい先ほど聞いた話と、嫌なくらいに状況が一致してしまうのだ。

信じたくはないけど、認めるしかないだろう。

急激なレベルの上昇と、従魔の暴走。それに、主従関係の崩壊。

間違いない。

このミークベアは、誰かに……

『不正な通り道（ローグパス）』を投与されたんだ。

まさかこんな街中で実験が行われるなんて、考えてもみなかった。

「グオォォォォ！」

大熊型モンスターは、夜の街を震わすように叫びを上げる。

ようやくと言っていいのか——周囲にはちらほらと騒ぎに気付いた人たちが集まりはじめた。

しかしテイマーズストリートの奥地だからか、強力な従魔を連れたテイマーの姿は見当たらない。何より、そういったモンスターは街中では預かり所に預けている人が多いらしいので、必然的に連れ添う従魔は小型のものばかりになってしまう。

やっぱり、僕たちがやるしかない。

でも、相手があの『不正な通り道（ローグパス）』を投与されているのだとしたら……

僕の不安を煽（あお）るように、ミークベアは鋭い爪が光る逞しい腕を振り上げる。

すると、黒い爪が鞘から剣を抜くかのように、ぐぐぐと伸びた。

短刀の刀身となんら変わりないくらいの長さになった禍々（まがまが）しい爪は、鋭さも増しているように見える。

奴はそれをライムに向けてぶんと思い切り振った。

間一髪、ライムは躱したけど、なんと後ろにあった街灯が真（ま）っ二（ぷた）つに切断されてしまった。

その光景に悲鳴を上げる野次馬たち。

僕の後方にいるミークベアの主人は、これまた信じられないとばかりにかぶりを振っていた。

「な……んで……。俺は何も命令していないのに……どうしてスキルが……」

……やっぱり。

彼の呟きを聞いて、僕は密かに得心（とくしん）する。

やっぱりあのミークベアは、何者かに『不正な通り道（ローグパス）』を投与されたんだ。

主人の命令なしでスキルを発動できているのは、完全に主従関係が解かれている証（あかし）だ。

そんなことができるのは、もうあの不正アイテムしか考えられない。

ますますこの状況は僕たちが終わらせるしかなくなってしまった。

でも……

「キュルキュル！」

「グオォォォォ！」

相手の攻撃的スキルを前に、勇敢に戦うライム。

だけど、気付けばライムの【限界突破（リミットブレイク）】は解け、いつもの水色の姿に戻っていた。

当然、攻撃は当たらず、逆に敵の攻撃がライムの体を掠めはじめる。

これではたとえこちらの体当たりが命中したとしても、戦闘不能状態に持ち込むことは困難だ。

だからといって、〝分裂爆弾〟は威力が高すぎるし。

――このままじゃ、時間稼ぎもままならない。

密かに歯噛みし、現状に絶望する。

その刹那(せつな)……

「【ブレイブハート】と【クイックネス】です！」

「ミュミュウ！」

後方から、聞き慣れた二つの声が聞こえてきた。

瞬間、ミークベアと交戦していたライムが、薄赤色と薄青色の光に包まれる。

途端に掠めていた爪の攻撃が完全に当たらなくなり、目に見えて体当たりの威力も急激に上がった。

驚いて振り返ると、宿屋の二階の窓からピンク色のスライムを抱えた黒髪おさげの少女が懸命(けんめい)に身を乗り出しているのが見えた。

いつもの服ではなく、ひらひらとした透明感(とうめいかん)のある寝間着(ねまき)を着用している。

「クロリア、ミュウ⁉」

「今です、ルゥ君！」

クロリアはぶんぶんと手を振って応えてくれる。

騒ぎに気がついて、二階の窓から僕たちが戦っているのを確認したのだろう。

みょんみょんと寝癖(ねぐせ)が跳ねていることからも、直前まで熟睡(じゅくすい)していたのが窺える。

面白い髪型を見せてくれるクロリアに盛大にツッコミを入れたい気持ちを抑えて、僕は口早にミークベアの主人に問いかけた。

「ミークベアの弱点を教えてもらえませんか⁉」

「えっ……？　えっと……黒い鼻先、だけど……」

言いづらそうに教えてくれた彼に軽く一礼し、僕は相棒のライムに向きなおる。

そして、絶好(ぜっこう)のチャンスを逃すまいと、声を張り上げてスキルを命じた。

「ライム、【威嚇(ハウル)】だ！」

「キュル、ルウウウウウウ‼」

大熊の前で大響声が上がる。

夜のテイマーズストリートにライムの可愛らしい声が響き渡り、ミークベアの毛深い巨体が石のように固まった。

獣種のモンスターが得意としているスキル、【威嚇(ハウル)】。

敵の動きを数瞬だけ止める技だ。

おそらく同じ獣種のミークベアには効果が薄いと思われるが、わずかな隙を作ればそれでい。

パーティーメンバーからの支援も受け、弱点も分かった。

そこを的確に突く布石（ふせき）も打てた。

目の前には硬直（こうちょく）する敵と、準備を整えた相棒。

これが最大にして最後のチャンスだ！

僕はライムの【威嚇（ハウル）】に負けじと、テイマーズストリート中に響かせるように叫んだ。

「ライム、ミークベアの鼻先に体当たり！」

「キュルキュル！」

僕の声を受けて、ライムが跳ぶ。

数瞬の硬直を課せられたミークベアの鼻先を目掛けて、飛翔（ひしょう）する。

一撃目。下から突き上げるように、尖った黒鼻を打撃。

大熊は鳴き声を上げて大きく怯む。

勢い余って上空まで飛んだライムは、自分の体を突き落として鼻に二撃目を見舞う。

獣種の声を上げ、ミークベアの体がぐらついた。

ライムの攻撃は終わらない。

三撃目。地面に着地したライムは、後方にある一本の街灯に向けて大きく跳ぶ。

ライムはそこから体をバネのように弾ませ、反動を乗せた体当たりを繰り出した。

弱点である黒鼻を全力攻撃で直撃された大熊の毛深い巨躯が、衝撃でわずかに地面から浮き上がる。

そのまま遥か後方へと吹き飛ぶと、四肢を投げ出して仰向けに倒れて気を失った。

勝負が決したことは明らかだった。

しばし、シーンとした静寂が、薄暗い通りに流れる。

一瞬前まで獣種のモンスターが暴れていたのが嘘のような静けさだった。

やがて周囲にいた街の人たちが、まばらに動き出す。

遅まきながら騒ぎはじめる者、人を呼ぶ者、スライムの健闘に拍手を送る者。

後ろを見ると、相棒の暴走が止まったことに安堵する男の姿があった。

しかし僕は彼とは違い、やるせない気持ちになって目を伏せる。

ミークベアの暴走を一時的に押さえ込めたことは、素直に嬉しく思う。

しかし、望まぬ戦いを強いられたミークベアと、その主人の心はひどく傷ついてしまったはずだ。

それを招いた元凶を意識して、強く歯を食いしばる。

戦闘中よりもずっと大きな警戒心を抱き、僕は周囲に目を走らせた。

――ミークベアに『不正な通り道』を投与した犯人が、この中にいるはずだ！

僕は怪しまれないように、順々に野次馬たちを見ていく。

寝間着姿で様子を見に来た者、自宅の窓からこちらを見ている者、通りすがりの一般人。

まだあまり人は多くないから、犯人らしき怪しい人物が居れば見つけられるはずだ。

ペルシャさん曰(いわ)く、『不正な通り道(ローグパス)』の効果には個体差があるらしく、なんらかの組織が各地の野生モンスターに投与して経過を見ているらしい。

ならばそいつらは、他人の従魔でもその実験を行う可能性が充分にある。

考えてみれば当たり前のことだ。

組織の本来の目的については謎のままだけど、実験というなら、アイテムの効果を色々なモンスターで試したいと思うのは自然なこと。

それが珍しいモンスターであるならなおさらだ。

そして、今回ターゲットになったのはミークベア。

この辺りではあまり見ない種族のモンスターで、『不正な通り道(ローグパス)』の効果を見るなら絶好の実験台と言える。

奴らが単体でいるミークベアを見つけて、突発的に実験を行なった可能性は高い。そしてその様子を、どこかの物陰(ものかげ)からじっと見ているはずだ。

僕は急いで周囲に目を走らせ、確認を続ける。

そのときちょうど、ミークベアの暴走を止めたライムが僕のところに帰ってきて、ちょこんと頭の上に乗った。

ライムを撫でながらも、決して警戒は緩めない。

どこだ、どこにいる。

ミークベアとその主人をこんな目に遭わせた主犯は、どこに……

もどかしい思いに歯噛みしながら周りを見回す中、僕はふと自身の格好に違和感を覚えた。

そういえば僕は、外着のままで眠ってしまっていたんだ。

一方、騒ぎを聞きつけて飛び出してきた周りの人たちは寝間着や部屋着の上に一枚羽織ったような格好が多い。

だから逆に、僕の服装は周囲から浮いているように感じる。

この辺りは小さな宿屋が数軒ある以外、夜遅くまで空いている店や酒場はない。

そこで僕は、野次馬の中にいる〝ただ一人だけキッチリ整った衣服をまとった男性〟に注目した。

昼間にテイマーズストリートを歩いているなら、何も変なところはない。しかし、この時間、この場所では明らかにおかしい。

ミークベアの主人のように、遅い時間に宿屋を探していたのだろうか。

不審に思ってその人の顔を見ようとした瞬間、彼はすっと消え入るように裏路地に入ってしまった。

「……っ！」

すかさず僕は、怪しげな人物を追って裏路地に走る。

心中で〝待て！〟と叫びながら、真っ暗な小道に足を踏み入れた。

そこには先ほどの男と思しき後ろ姿が。

しかし、身なりを隠すかのように、ボロい黒マントを羽織っている。

残念ながら、顔はマントに付いたフードで隠れて見えない。

「ま、待て！」

僕は今度こそ声に出して、その男を捕まえようとする。

まだ確証（かくしょう）はないけど、少なくとも先ほどの事件について何か知っているんじゃないか。

そうじゃなきゃ、僕と目が合いそうになったくらいでこんな道に逃げ込むわけないし、何よりマントとフードで顔を隠すなんて、ますます怪しい。

しかし男は僕の制止を無視して裏路地の奥へと逃げ去ってしまった。

僕はライムを頭に乗せたまま慌てて後を追う。

奴こそ事件の当事者——ミークベアに『不正な通り道（ローグパス）』を投与した犯人に違いない。

絶対に逃がすものか。

僕は歯を食いしばって走り、暗闇の奥で時折ヒラヒラなびく黒マントから目を離さないように注視（ちゅうし）する。

奴が急に路地を右に曲がり、すかさず僕もその道に入る。

奴はそこらに置いてある木箱や樽を倒して進路を妨害するが、田舎村育ちの僕にとって、こういう障害物は森の追いかけっこで慣れたもの。

枝や木の根を避ける要領で、軽やかにそれらを躱して、黒い影を追う。

奴は行き当たりばったりに逃げているわけではなく、テイマーズストリートの裏路地について熟知しているみたいだ。

もしかしたら、この街で実験を行うのは初めてじゃないのかも。

いずれにしても、ここから逃がすわけにはいかない。

すると前方を走っていた奴が、唐突に首を巡らしてこちらを向いた。

瞬間、奴の手元から何か飛来してくるのが見える。

僕はとっさに脇道に身を隠し、それを躱した。

先ほどまで僕がいた辺りの壁に、ズドドドッ！　と音を立てて何かが突き刺さる。

見るとそこには、三本の極太針が。

先端から滴る液体が壁を濡らしている。毒針だろうか。

どうして奴の手元からそんな物が？

敵の姿を窺ってみると、奴の手元に小さな昆虫型のモンスターがいた。

おそらく、奴の従魔だ。

さすがに種族までは分からないが、昆虫型のモンスターは大抵毒の攻撃を得意としている。

敵がその気なら従魔戦もやむなし——と、考えたところで、奴が再び走り出した。

「逃がすか！」

僕は脇道から飛び出し、敵の背を鋭く睨みつける。

こうなったら【威嚇(ハウル)】を使って、一度動きを……

僕は右手を前に突き出して『主の声(オーダー)』を張り上げようとした。

しかしその瞬間、袖が捲れて右前腕に記されたライムのステータスが露(あら)わになる。

同時に電撃的な閃きが走り、ほぼ反射的にライムに『主の声(オーダー)』を出していた。

【威嚇(ハウル)】ではない、まったく違う『主の声(オーダー)』を。

「ライム——！」

僕がライムに告げたその小さな声とともに、黒マントは暗闇の奥へと溶け込んでいった。

＊＊＊＊＊＊

「ルゥく〜ん！」

奴が荒した木箱や樽を元に戻し、その一つに腰かけてライムとともに休んでいると、後を追いかけてきたらしいクロリアが、バタバタと足音を響かせて路地裏の奥からやってきた。

「あっ、クロリア」

「は、はい。遅れてすいません」

ぜえぜえと息を荒く吐き、膝に片手を当てて肩を上下させている。

それに合わせてミュウと、下ろした黒髪がゆっくりと揺れた。

そんな彼女の身を包むのは、先ほど見たあのヒラヒラの寝間着。

よくよく見ると、いつもと違って下ろされている髪には、寝癖が残っていた。

「そのままの格好で来ちゃったんだ」

「……い、急いでいたもので」

彼女は頬を染めながら髪を押さえ、寝間着姿をミュウで隠すように身をよじる。

そしてこの場の空気を変えるように、ごほんと咳払いをしてから続けた。

「気を失った大熊さんの治療を終わらせてから、急いで来ました。周りの人たちが協力してくれて、彼らは無事に保護されましたよ」

「そっか。それならよかった」

心配事の一つが消え、僕は胸を撫で下ろす。

そんな僕を見ながら、クロリアはきょとんと首を傾げた。

「ところで、ルゥ君は誰を追いかけていたんですか？」

「んっ？　犯人だよ。さっきの騒ぎを起こした」

「えっ？　それって……」

クロリアはミークベアの異変には気がついていないみたいだ。

だから僕は宿屋に戻りながら、順を追って――と言っても、あまり時間を掛けずに説明する。

「犯人がミークベアさんに『不正な通り道（ローグパス）』を使ったぁ!?」

「ちょ、クロリア、声が大きい」

僕はクロリアの反応に逆に驚かされ、慌てて口に人差し指を当てる。

いくら夜間の裏路地にいるからって、誰がどこで僕たちの会話を聞いているか分かったものじゃない。

『不正な通り道（ローグパス）』のことは内密なので、できれば静かにしていただきたい。

そんな事情を思い出したのかどうかは分からないが、クロリアは頷きながら、声を潜めて続ける。

「にわかには信じられませんけど、言われてみれば、確かに怖いくらい当てはまりますね。では、ルゥ君が追いかけていたのは……」

「うん。たぶんペルシャさんの言っていた組織のメンバーだと思う。夜の街中でたまたまミークベアを見つけて、持っていた『不正な通り道（ローグパス）』を投与したんだ」

僕の見解を聞いて、隣を歩くクロリアは小さく身震いをしていた。

彼女は夜の肌寒さを取り払うように、腕に抱いたミュウをぎゅっと身に寄せる。

次いで疑問に満ちた目をこちらに向けた。

「そ、それで、その犯人の方は……」

僕は苦笑しながら答えた。

「見失っちゃったよ。でも……」

続けて頭の上のライムを腕に抱えなおし、自信満々に言い切った。

「取り逃したわけじゃない」

「……どういうことですか？」

矛盾しているとも取れる台詞に、クロリアはさらに疑問を深める。

僕は腕に抱いたライムを彼女の目の前に掲げて見せた。

「スライムの固有スキル、【分裂】を使ったんだよ」

「えっ？　【分裂】……ですか？」

「そそ」

しかしクロリアは、まだ疑問符を振り払うことはできないようだ。

確か、少し前に聞いた話だと、ミュウも【分裂】を使えたはず。

しかしクロリアは【分裂】を好んで使わないため、その本質に気付いていないらしい。

僕はちょっとだけ先生気分になって、説明口調で続ける。

「【分裂】は、体力が半分になる代わりに、自分の半分の力を持った分身を作ることができるのは知ってるよね？　それで、【分裂】で作った偽物(にせもの)には、ちゃんと意識が備わっているんだ。本体の意識の一部……というか、本体の意識そのものがね」

「……どういうことですか？」

きょとんと首を傾げるクロリアを見て、僕は先生には向いていないみたいだと、密かに肩を落とす。

彼女にも分かるように、勿体ぶらずに簡潔に言い換えてみた。

「要は、今ライムの分裂体が見ている景色は、本体のライムにも見えているってことだよ」

「えっ？　そ、それじゃあ……」

「うん。僕は犯人に分裂ライムを一匹くっつけて、追跡(ついせき)アイテム代わりにしたんだよ。今も奴の服には、ライムの半身が引っ付いてる。それを追っていけば、奴の住処(すみか)――組織のアジトが見つかるはずだ」

僕がそう言い切ると、クロリアは驚きと不安の両方を顔に滲ませた。

あの場で黒マントをとっ捕まえても良かったんだけど、裏に組織がいるなら、元を断(た)

なければ解決にならない。

　それでとっさに思いついたのが、分裂ライムに追跡要員になってもらうという作戦だ。

　上手くいけば、奴らの居場所が分かるはず。

「これで一気に組織に近づける。スライムのスキルも捨てたもんじゃないよね」

「……は、はい」

　クロリアは、いまだ微妙な表情をしている。

　彼女は次いで、はてと疑問を口にした。

「あれ？　でもそれだと、ライムちゃんはすぐに見つかっちゃいませんか？　服に付いた瞬間に、重さとかで……」

「あぁ、それなら……」

　僕は袖をまくり、右前腕に記されたステータスを露わにした。

　その一部を指し示しながら、にやりと微笑む。

「このスキルを併用したんだよ」

「えっ？」

　クロリアは首を傾げつつ、ライムのステータスを食い入るように確認した。

名前：ライム

種族：スライム
ランク：F
LV：13
スキル：【捕食】【分裂】【膨張（ぼうちょう）／収縮（しゅうしゅく）】【限界突破（リミットブレイク）】【自爆遊戯（デッドリーボム）】【威嚇（ハウル）】

僕が指で差した場所——ステータスの最下部にあるスキルの欄（らん）、もっと言うと【分裂】の隣にあるものを見て、彼女はさらに首を捻（ひね）る。

「【膨張】と【収縮】？　こんなスキル、持ってましたっけ？」

「いいや。たぶんこれ、さっきの戦闘で覚えたんだよ」

「えっ⁉」

驚いた拍子に顔を上げ、目を見開いて僕の顔を見つめてくる。

「ミークベアと戦ったときにライムのレベルが一つ上がったんだ。それで覚えたんだと思う」

なんともタイミングのいいことだけど。

しかし、Cランク並の力を持つ大熊を倒したことを考えれば、別に不思議なことではない。ましてて、ミークベアは『不正な通り道（ローグパス）』によってレベルが15まで上昇していたんだから。

しかし、クロリアが気にしていたのはそこではなかった。

「――と、ということは、ルゥ君は、とっさに覚えたてのスキルを使って追跡する作戦を考えたんですか？」

「えっ……？　う、うん、まあね」

「……」

とは言うものの、スライムの固有スキルについては、いずれ習得するだろうと思って、予習してある。

【膨張】と【収縮】の大まかな効果は、事前に知識として頭に入っていたから、作戦を閃くのはそこまで難しくはなかった。

【分裂】のように細かい仕組みがあるかもしれないが、ちょっとした小細工（こざいく）なら、にわか仕込みでも充分可能である。

スライムは最弱モンスターとしてではあるが有名だから、固有スキルに関する情報もそれなりに知られている。これも、スライムの便利な部分かもしれない。

「【威嚇（ハウル）】を使って奴を止めようとしたら、そのときにちらっとステータスが見えて閃いたんだ。もしペルシャさんから、奴らが組織単位で動いていることを聞いていなければ、迷わず【威嚇（ハウル）】を使っていたと思うけど」

「……きょ、凶悪犯かもしれない相手を追っている最中（さなか）に、よくそこまで頭が回りますね。

私には真似できません」

「ん～？　た、たまたまじゃないかな」

僕としては、直接戦わずに済めばラッキーって感じだったんだけど。判断力がどうこうというより、臆病者の思考とでも言おうか……

情けない考えを働かせていると、不意に腕の中のライムが驚きの声を上げた。

「キュルッ⁉」

「ど、どうしたの、ライム？」

「キュルキュルゥ」

腕に抱えた相棒を覗くと、ライムは困った顔でおろおろしていた。

もしや、と思った僕は、嫌な予想を口にする。

「もしかして、分裂ライムがやられちゃった？」

「キュルキュル」

ライムはこくこくと頷く。

どうやら、追跡要員として奴に引っ付けていた分裂ライムが、なんらかの手段で看破されてしまったらしい。

従魔の力か、自分の目で見つけたのかは定かではない。

でもこれで、奴の足取りを追うのは不可能になってしまった。

意外にも早い対応に、二人して当惑する。

「……ど、どうしましょうか」

「……」

それは僕が聞きたいくらいだけど。

もし奴らのアジトを見つけたら、居場所をギルドに報告して、制圧部隊でも結成してもらおうと考えていた。

でも足取りが途絶えた今、奴らのアジトは分からずじまい。

付け加えるなら、黒マントの男が組織の一員という証拠も見つけられていない。

証拠も何もないんじゃ、ギルドは取り合ってくれないだろう。

うぅ〜ん……

「……とりあえず明日、僕とライムの二人で反応が途絶えた場所に行ってみるよ」

「えっ⁉　お、追いかけるんですか⁉」

「うん、まあ、一応ね。放っておくわけにもいかないし。もし本当に奴がその組織とやらの一員で、近くにアジトの存在を確認できたとしたら、そのときはギルドに報告して、制圧部隊を結成してもらおう」

「うぅ〜ん」

僕の提案を聞き、クロリアは渋い顔をして思案する。

しばし真っ暗闇の裏路地に、彼女の唸り声が響いた。

歩き続けること数分。

彼女はまだ唸り声を上げている。

かなり悩んでいるみたいだ。

ただ様子を見に行くだけだからそんなに心配することないのに、と気楽に考える中、ようやく彼女は唸るのをやめ、ため息混じりに呟いた。

「はぁ、分かりました」

「……よかった」

「でもその代わり、私とミュウもついて行きます」

「えぇ!?」

「パーティーメンバーなんですから、当然です。危険な目に遭うときは一緒に、ですよ」

今度は僕が唸る番だった。

確かに僕たちは同じパーティーのメンバーだ。けど、さすがに今回は僕の独断で招いた事態なので、彼女を巻き込むのはなんだか躊躇われる。

できれば宿屋で待っていてもらいたいんだけど。

なんて悩んでいると、今度は隣からご立腹(りっぷく)な様子の声が聞こえてきた。

「それと、私は少なくとも怒っているんです」

「えっ？　な、なにゆえ？」

「どうしてさっきは私たちに騒ぎを知らせずに、単独で事に当たったんですか？　私たちはそれが許せないんです。ですよね、ミュウ」

「ミュミュウ！」

「……は、はは」

まあ確かにあのときは、勝手がすぎたかもしれない。

衝動的に動いてしまったことは反省だ。

最初からクロリアとミュウの力を借りていれば、もっと簡単にミークベアを抑えられていただろうし。

よくよく見ると、腕の中の相棒もお手上げといった感じで渋い顔をしていた。

僕も渋々ながら、クロリアと同じようにため息混じりに頷く。

「はぁ、分かったよ。じゃあ明日の朝、みんなで行こうか」

「はい！」

「ミュウミュウ！」

パーティーメンバーの元気の良い返事が、裏路地を少しだけ温めてくれた。

クロリアたちを危険なことに巻き込んでしまったのは、やはり申し訳なく思う。

だけどそれを言うなら、とっくにライムを巻き込んでいるじゃないか。

いっそ、借りられる手は全部借りてしまった方がいい。

それに、いざとなったら逃げ出せばいいのだから。

最悪、僕が囮になってでもクロリアたちを逃がす。

そう決意を固めることにより、なんとか僕はパーティーメンバーの参戦を受け入れることができた。

それに、まだ奴が組織のメンバーと決まったわけでもないし、本当に『不正な通り道』が存在するかすら確信が持てないくらいなんだ。

ちょっと探検に行くだけ。そんなつもりで気軽に行けばいい。

こうして僕たちは明日の朝、謎の組織を追うことに決めた。

ところで……

「それはいいとして、もし次に同じような騒ぎがあったとしたら、寝癖はなおして出てきてね」

「……！　こんなときに寝癖のことなんて気にしないでくださいよ！」

この場を和ませるために口にした冗談は、それなりに効果があったみたいだ。

僕はプンスカ怒ったクロリアにポコポコと頭を叩かれながら、宿屋まで帰ることになった。

不正な通り道

1

翌朝。

ミークベアの暴走が起きてからまだ数時間しか経っていないけれど、僕たちは朝早く街を出て、ライムの案内に従って犯人を追っていた。

ほとんど寝ていないので瞼が重い。

それでも、ひんやりとした朝の風が、残っていた眠気をわずかだが淩ってくれる。

テイマーズストリートを出て少し北西に進んだ平原で足を止め、僕とクロリアはぐるりと周りを見渡した。

「ここが、犯人さんの足取りが途絶えた所、ですか？」

「そう……みたいだよ」

ちらりと頭上に目を向けると、ライムがこくこくと頷いているのが分かる。

昨夜の出来事は、早くも街で噂になってしまった。

『従魔暴走事件』という不吉な名で広まったそれは、朝からテイマーズストリートを大いに騒がせた。

その元凶となる『不正な通り道(ローグパス)』の存在については公になっていないが、こうした事件はこれが初めてではないらしく、住民たちは思いの外あっさりと現状を受け入れていた。

どうやら連中は今までにも何度か街で実験を行い、同様の事件を引き起こしているらしい。

そしてミークベアは今もなお主人の声を聞かず暴走状態にあり、預かり所で厳重に保護されているという。

そんなミークベアと主人のためにも、早く犯人らしき人物を捕(と)らえたいところだが、残念なことに足取りはここで途絶えてしまっている。

頭上のライムは申し訳なさそうにしゅんとしていた。

僕は何もない平原を見渡して、次いで足元に目を落とす。

ここで分裂ライムがやられたってことだよね。それにしても、何も手掛かりが残ってない。

難しい顔で固まる僕を見て、クロリアは純粋な質問をしてきた。

「ここから犯人さんがどうやって逃げたのかは、分からないんですか？」

「うぅ～ん……たぶんそう。だよね、ライム」

「……キュルキュル」

申し訳なさそうにしているライムは、弱々しく体を縦に振って頷いた。

分裂ライムと本体のライムは視界を共有——というより、本体のライムがすべて見ているので、ここに来るまでの間にあれこれ確認してみた。

——犯人の顔は見た？

——どんな方法で分裂がやられちゃった？

——敵の特徴、それから逃げた先は分かる？

それらすべての質問に、ライムは体を横に振って答えた。

結局、犯人が逃げた先も、目的も、組織や『不正な通り道（ローグパス）』の存在も、分からずじまいということだ。

僕は密かに肩を落とす。

そんな僕を見て、クロリアはどこかほっとしたように口を開いた。

「これ以上追跡のしようがないのなら、仕方がありませんね。大人しく街に戻りましょう」

「……いや」

彼女の提案に、僕は小さくかぶりを振る。

確かに犯人の追跡ができないなら、大人しく帰った方がいい。

ただでさえ危険な臭いがプンプンするのだから。

事件から顔を背ける理由としては充分だ。

いつもの僕だったら、彼女の提案に渋々な体を装いながらも賛同していただろう。

でも、今回は違う。

ミークベアとその主人のことを思うと、そして、これから同じような目に遭う人がいるかもしれないと考えると、簡単には諦められない。

それに、完全に足取りが途絶えてしまったというわけではない。

少し先に、大きな森が広がっているのが見える。

テイマーズストリートから程よい距離にある森。

隠れ家を作るなら打ってつけの場所だ。

犯人があそこを目指していたと考えるのは、理に適っている。

僕はしばし遠方の森を見据えた後、決意とともに口を開いた。

「ちょっと、あの森を見てくるよ」

「ええ⁉　まだ調べるつもりですか⁉」

「う、うん……気になるから一応、ね」

そう言って歩き出した僕に、クロリアは否定的な声を上げながらもついて来てくれる。

「でも、あの森に犯人が逃げ込んだ可能性は低いと思いますよ？」

彼女は少しだけ頬を膨らませて、不満を滲ませる。

「えっ、どうして？」

「だって、昨日街で立ち聞きした話では、あの森はかなり高レベルのモンスターが現れる危険な森だそうですし」

「……立ち聞きねぇ」

誰かと話して聞いたわけじゃないんだ。

少しばかり呆れる僕をよそに、クロリアは続ける。

「確か名前は『クリケットケージ』。大型の昆虫種のモンスターが多く出没し、ほとんど人が寄り付かない場所だと聞きました。テイマーズストリートに来る人や魔車も、あの森は避けて通るとのことです。いくら人気がないからといって、そんな危ない場所に隠れるとは……」

「ん～、そうかなあ……余計に怪しい気もするけど……」

やはり納得がいかない僕は、彼女の反論を退けるために捲し立てる。

「あの森にボロマントの男がいなかったら、今度こそ諦めて街に帰る。それに、その昆虫種のモンスターとやらには近づかない。本当に、ちょっと探検するだけ。危ない真似はしないから」

「……そう……ですか」

クロリアは微妙な反応ながらも、根負けして頷いてくれた。

少々強引すぎる気もしたけど、このまま帰ったらしこりが残ってしまう。だから、もう少しだけ調べさせてほしい。

そして僕たちは、クリケットケージなる森に向けて歩を進めた。

＊＊＊＊＊

正直、まだ半信半疑だった。

軽い気持ちだった、と言い換えることもできるかもしれない。

もちろん、ペルシャさんのことを疑っているわけじゃない。

あの美人で、優しくて、面白い魔石鑑定士のお姉さんについては、全面的に信頼している。

でも、『不正な通り道』のことも、謎の組織のことも、すべて話に聞いただけで、実体はまるで掴めない。

街の人たちの噂にも上らないのだ。

だから僕は、料理屋さんで知らない名前の料理を注文するときのような勇気と、道端にゴルドでも落ちていないか探すときのような好奇心で、この森に足を踏み入れた。

そして僕は結局、そのゴルドを……予想外の大金を、見つけてしまうのだった。

クロリアが得た情報どおり、クリケットケージという森は、昆虫種のモンスターが数多く出現する場所だった。

右を見ても左を見ても虫だらけ。

もしかしたら、クロリアは虫が苦手であんなに渋っていたのかな？

いずれにしても、とても人が寄り付こうとする場所じゃないのは確かだ。

だからこそ怪しい。

木々の隙間を縫い、茂みを越え、僕らは捜査の目を光らせながら広大な森の奥を目指す。

当然、ちゃんとした道があるわけではないが、獣道というか、踏み固められた足場に沿うようにして、進んでいった。

何度か巨大昆虫モンスターに見つかったものの、その大きさゆえに奴らの動きは鈍重で、ミュウに【クイックネス】を使ってもらえば容易く逃げ切ることができた。

狭い森の中では生い茂る木々が邪魔になって、ご自慢の飛行能力が活かせないのだ。

そんなことを繰り返すこと数十分。そろそろ帰り道を見失いそう、というところで……

ついに僕たちは、見つけてしまった。

誰も寄り付かなさそうな森林の奥深く。

木々を切り倒して作った平地に、小さな倉庫らしき建物が造られていた。

二階建てだろうか、そこそこ大きい石造りの建物だが、外壁には一面ツタが這っていて、ちょうどいい迷彩になっている。

上の階にいくつか明かり取りの小窓があり、一階の端には開け放たれたままになっている小さな扉が確認できる。

しかしそれ以外に大きな特徴はない。

一見すると、うち捨てられた廃墟のような場所だ。

でも、明らかに怪しい。

しばらくの間、僕たちは大木の後ろに隠れてその倉庫の様子を窺った。

だけど誰かが出入りすることも、中から大きな音が聞こえることもなく、時間だけが過ぎていく。

じれったくなった僕は、少々大胆な行動に出る。

中を覗こうとして、ゆっくり出入口に近づく僕を、クロリアが小声で制止する。

彼女の声をさらっと流し、頭の上に相棒を乗せたまま、僕は出入口の横の壁に張り付いた。

そぉーっと建物内を覗き見てみると、数人……いや、十数人の人の影が。

予想以上の人数に、思わず僕は息を呑む。

多い。

大人が少なくとも十人以上。

よくよく見ると、昨夜対峙したボロマントの男らしき人物もいる。

いったいここで何をしているのか。

全員が倉庫の真ん中に集まって何やら興奮している様子だ。

物音を立てないよう、その場に留まって監視(かんし)を続けていると、不意に後ろから小さな囁き声が聞こえた。

「な、なんですか、これ？」

振り向くとそこには、驚愕の表情を露わにするクロリアの姿があった。

建物に近づくことを反対していたわりに、中の様子が気になるらしい。

僕は彼女と同じく声を落として、とりあえずの見解を話す。

「たぶん、昨日のボロマント男の仲間たちだよ」

「と、ということは、ペルシャさんの言っていた〝組織〟……なんでしょうか？」

「分からない。あの男がミークベアに『不正な通り道(ローグパス)』を使った証拠はないし、『不正な通り道(ローグパス)』の存在自体も疑わしいから、決めつけることはできない。でも……」

僕は建物内にいる十数人の姿を、目を細めて睨みつける。

「一応ギルドに戻って、調査部隊の派遣(はけん)を頼んでみよう。こんな所にいるだけでも怪しい集団なのは間違いないし、了承してもらえるかも」

「そう……ですね」

クロリアは曖昧ながらも、同意を示した。

次いで僕は、改めて後方のパートナーに向きなおる。

「それで、その役目をクロリアたちにお願いしたいんだけど。頼めるかな？」

「えっ？　ルゥ君たちはどうするんですか？」

「僕とライムは、しばらくここで奴らの様子を見張っていようと思う。奴らが事件に関係のない一般人っていう可能性も、まだ否定しきれないから」

「は、はぁ……」

これまた鈍い反応を示された。

他にできそうなこともない以上、とりあえずはこれでいいと思う。

下手に建物の中に突入して、トラブルを招くのは得策ではないし。

しかし、クロリアの表情は依然曇ったままで、何か言いたげな目で僕を見つめている。

「んっ？　どうかした？」

「いえ、その……一人で大丈夫かな、と？」

「う、うん、心配いらないよ。ていうか、一人じゃなくて、ライムも一緒だからね」

「キュルキュル」

「そう、ですか。それならいいんですけど……」

どうしたんだろう？　少し様子が変だ。

しかし、奴らへの警戒を続ける僕には、それを深く考える余裕はなかった。

「あの、危ない真似だけは、絶対にしないでくださいね」

幸いにも、クロリアはいつもの調子に戻り、僕を気遣う言葉を掛けてくれた。

危ない展開は僕としても遠慮したいところだ。

「うん、分かった」

言い終えるとクロリアは、名残惜しそうに踵を返した。

その背中を見た途端、何か声を掛けたくなり、慌てて呼び止める。

「あっ、そっちこそ、一人で大丈夫？」

そういえばここは森の奥だということを、すっかり忘れていた。

それを考慮せず女の子を一人で行かせるなんて、ずいぶん乱暴なお願いをしてしまった。

これは怒られても仕方ないぞ、なんて考えていたけれど、クロリアはくすっと笑ってこちらを振り返った。

「自分の心配はしないのに、他人のこととなると一生懸命なんですね、ルゥ君は。お言葉を借りるわけではありませんが、こちらも問題ありませんよ。一人ではなく、ミュウも一緒ですから」

「ミュウミュウ」

「そ、そう」

隙を突かれた笑顔にきょとんとしていると、再び彼女は背中を向けた。

次いで相棒のミュウに対して『主の声』を掛ける。

「ミュウ、【クイックネス】です」

「ミュミュウ」

「それでは行ってきます。すぐに戻ってきますので」

全身を薄青色の光に包んだ彼女は、最後にそう言い残して駆け出していった。

「う、うん、よろしくね」

速度上昇の効果を持つ補助魔法により、彼女の姿は瞬く間に来た道に消える。

あれなら野生モンスターに見つかっても大丈夫だろう。

あとは木の根やぬかるみに足を取られて転ばないことを願うのみだ。

クロリアとミュウの背中を見届けた僕は、改めて怪しい集団に目を戻す。

それにしても、奴らはいったいここで何をしているのだろう？

もしこちらの推察通り、例の組織なのだとしたら、あまりにも無防備すぎるのではないか？

正体が明るみに出ていない謎の集団という割に、隠れるのがお粗末というか。それに、思っていたより多かったとはいえ、十数人でグロッソ付近にまで及ぶ大規模な事件を起こせるのだろうか？

いや、そんなことよりも、いつまでも入口付近にいるのはまずい。

まだ他に仲間がいて、そいつが帰ってくるところに鉢合わせたら最悪だ。

そう考えるだけで、僕の足は自然と後退していた。

今さらだけど、ライムの分裂体をここに置いて、クロリアたちと一緒に街に戻ってもよかったかもしれない。

それなら監視もできる上に、奴らに見つかるリスクも排除できる。

まあでも、また何かの拍子に分裂ライムが消えてしまう可能性もあるから、やはり肉眼で見ておくのが正解だよな。

――なんて考えて、自分を納得させながら、頭上のライムとともに息を殺して近くの茂みまで後ずさりしていく。

しかし――

「――ッ！」

僕は危うく声を漏らしそうになった。

今、確かに見えた。見間違いではない。

奴らから目を逸らしかけたとき、十数人が輪を作っている真ん中に、一匹のモンスターが見えた。

あの中の誰かの従魔という可能性は皆無だろう。

なぜならそのモンスターは怯えて体を震わせ、逃げ道を探すように目を泳がせていたからだ。

僕はそのモンスターを知っている。

温厚な野生モンスターとして知られている小鹿型のモンスター、ベビールージュ。

なぜ今、あんな場所にいるんだ。

凶暴な野生の昆虫種モンスターたちが蠢(うごめ)くこの森に、どうして温厚なベビールージュが……？

決まっている。

『不正な通り道(ローグパス)』の実験体として、奴らに攫(さら)われてきたんだ。

その事実に僕は驚愕し、手足を震わせる。

この場を立ち去ろうとしていた僕の足は完全に動きを止めて、視線は奴らの方へと吸い寄せられた。

息を潜め、耳を澄(す)ましていると、微かに奴らの声が聞こえてくる。

「はは、見ろよこいつ！　めちゃくちゃ震えてるぜ」

「後で外の昆虫モンスターの巣に放り込んで、どっちが強ぇえか見てみねーか？」

「じゃあ俺、小鹿が勝つ方に百ゴルド！」
そんな調子で、奴らはベビールージュを小突いては楽しげに盛り上がっていた。
……助けなきゃ。
そう思う気持ちとは裏腹に、僕は動けずにいる。
クロリアに危ない真似はするなと言われた。
そんなの僕だって願い下げだ。痛いのは嫌だし、怖いのも遠慮したい。
何より、直接戦うのはライムだ。
僕の独断で危険に晒すわけにはいかない。
でも、冒険者として、一人のテイマーとして、目の前の行為を許せないでいる。
どうすればいい？　どうすれば……⁉
「キュルキュル」
不意に相棒の鳴き声が、思い悩む僕の耳に届いた。
反射的に頭上に目を移そうとするが、それよりも早く水色の影が舞い降りた。
森の地面に着地したライムは、真剣な眼差しで僕のことを見上げた。
僕は戦っても構わない――そう目で語りかけているように見える。
ライムも許せないんだ。温厚な野生モンスターが苦しめられている状況を。
そして従魔として、主人の僕の意思に従うと言っている。

ライムのつぶらな瞳を見つめ返しながら、数瞬の思考を経て、僕は葛藤を打ち払った。

ここで怖気づいたら、冒険者じゃない。テイマーじゃない。男じゃない。

英雄になんて、なれるはずがない。

凍え切った僕の闘志に、猛火が灯った。

「ま、待て！」

気付けば、僕とライムは格好悪い制止の声を上げながら、殺風景な倉庫内部へと侵入していた。

『……？』

僕らに気付いた者たちが揃ってこちらを向く。

数秒の静寂。その隙に僕は全員の顔を見回した。

男女比は約七対三。歳も服装も全員バラバラ。

だけど、団結して小鹿を囲っているので、目的は同じように思える。

奥には別のモンスターが数体。随分と落ち着いている様子を見るに、おそらく奴らの従魔だ。

心なしか昆虫種が多い気もするけど。

そんなことよりも一番に目を引くのが、ベビールージュの頭を乱暴に掴み〝何か〟を与えようとしている強面の青年だ。

ここからではよく分からないけど、もしかしてあれが……

そう考えている間に、不思議そうにこちらを見ていた大人たちがどよめきはじめる。

動揺、混乱、恐れ。それぞれ違いはあるけれど、予期せぬ僕の乱入に、どう反応していいのか判断しかねている様子だった。

するとその集団を押しのけて、強面の青年が前に出てきた。

僕とライムをきつく睨みつけながら、若干鬱陶しそうに口を開いた。

「誰だてめえ？　なんでここにいる？」

思った以上に低い声。そして敵意が込められた問いかけだった。

ここに入ってからまだ数十秒しか経っていないけど、彼がこの集団のリーダーであることは明らかだ。

橙色の短髪が特徴の、二十代前半くらいの青年。

黒と黄色の縞模様が描かれた薄い上着を着て、ズボンも同様に黒黄柄の七分丈のもの。

一目見ただけでヤンチャそうな性格だと判断できる。

そう結論付けたところで、集団の一人が僕を見て声を上げた。

「うわっ！　お前あのときの……!?」

声を上げた男は……おそらく、昨日見た例のボロマントだった。

今は黒フードを後ろに払い、顔が明らかになっているけど、街で見たときと同じ黒いマントを羽織っているので、まず間違いない。

「えっ？　あっ、いや、知り合いっつーかなんつーか……昨日たまたま実験したときに見つかってよぉ……」

「あんだよ、キヤラー、知り合いか？」

彼がそんな台詞を吐くと、そこら中から〝んだよ、てめえが連れてきたのかよ！〟〝バカ野郎！〟〝てめえがなんとかしろよ！〟と粗暴な声が上がりはじめる。

しかし、どれも緊張感はなく、混乱から立ち直ったらしい彼らは、大きな笑い声を響かせた。

それがやけに耳障りで、つい僕は声を低くして会話に割って入る。

「その子をどうするつもりだ」

「あっ？」

リーダーの男が首を曲げた。

それに合わせて周りの連中も静かになる。

しばしの静寂の中、強面の青年が僕の顔をじっと睨みつけてきた。

そして嫌味な笑みをたたえて言う。

「その目……てめえ、全部分かって聞いてんじゃねえのか？」

「……」

彼らへの敵意があからさまに顔に出ていたのかもしれない。

事実、奴の指摘どおりだったので、僕は黙って彼の目を見据える。

するとリーダーの男が、つまらなそうに肩をすくめた。

「ま、いいか。んじゃ、とりあえず自己紹介でもしとくか」

「……？」

……自己紹介？

そんなことしてなんの意味があるんだと強く聞き返したかったけど、僕はなんとかそれを抑え込む。

確かに、今彼らがやっていることに察しはついている。

だけどまだ証拠がない。

だから彼の口から直接そのことを聞き出せればいいと思って、僕はリーダーの気まぐれな提案に乗ることにした。

彼はおどけた調子で続ける。

両手を広げ、見ろよと言わんばかりに胸を張り、一歩前に出て存在を主張する。

「俺たちゃ、人々のために善意のモンスター研究を行う集団――『モンスタークライム』ってもんだ。以後よろしくぅ」

……モンスタークライム？

それがもしかして、あのときペルシャさんが頑なに言おうとしなかった、組織の名称？

瞬間、周囲からは爆笑の嵐が吹き荒れた。

「善意ってなんだよ！」

「てか、なんで自分から名乗ってんだよ⁉」

「てめえもバカか、ビィ！」

「んだよ！　別にいいじゃねえか！　一回やってみたかったんだよ、こういう悪の組織のリーダーっぽいこと！」

「ぎゃはは、悪の組織って、善良じゃねーだろ⁉」

仲間たちの調子に合わせて、ビィと呼ばれたリーダーも笑い出す。

またも建物内は、耳障りな笑い声で満たされてしまった。

まるで僕とライムが来たことなんか、全然問題じゃないと言うように。

ここまで努めて冷静に振舞ってきたつもりだけど、ついに腹の底から湧く怒りが抑えられなくなってしまった。

「い、いいから、その子を今すぐ放せ！」

僕の突然の叫びに、奴らはピタリと笑い声を止める。

そしてリーダーの男――ビィは、仲間との楽しげなやり取りを邪魔され、舌打ち混じりに返してきた。

「その子を放せって、別にこいつはお前の従魔でもなんでもねえだろうが。つーか、大事な研究の最中なんだからよぉ、水は差さないでもらいてえなぁ」

橙色の短髪をがりがり掻きながら、本当に鬱陶しそうに僕たちを見てくる。

確かに、あそこにいる小鹿モンスターは僕の従魔ではないし、ペットでもない。

それに、野生モンスターの討伐は、先に見つけた人が優先という暗黙(あんもく)の了解がある。

だけどそれは、敵意のある野生モンスターに限ってのこと。

温厚な性格で非好戦的な野生モンスター、無害なモンスターたちは、故意に討伐することは禁止されているのだ。

当然、こいつらみたいに拉致(らち)するのもダメ。

そういった行為を取り締まるのも冒険者の仕事の一つだ。

と、反論の根拠(こんきょ)を並べてみるが、ビィという男に先を越されてしまった。

「てかてめえ、俺たちが何やってるか分かっててここ入ってきたよな？　ならこの研究の大切さ、偉大(いだい)さが理解できねえもんかなぁ」

……研究。

それがあの、不正な通り道と称されているローグパスの研究を指しているのは、聞いた瞬間に分かってしまった。

そして僕は、自分の考えが正しいか確かめるように口を開く。

「『不正な通り道』、だろ」

「あんだよ、やっぱ知ってんじゃねえか」

「何が偉大だ。レベルアップアイテムを完成させるために、たくさんの野生モンスターや関係ない人たちに迷惑を掛けた。そのうえ、他人の従魔にまで手を出して……」

「かぁ～、やっぱ分かってねえなぁ」

さっきから……分かっているのか、分かっていないのか、どっちだと言うんだ。

そう言ってやりたいところだが、ビィという男が得意げに語りはじめる。

「この研究の偉大さを教えてやるよ……」

数人の仲間から〝おい、やめとけよ〟と制止の声がかかるが、彼は〝平気平気〟と手を振って続ける。

「『不正な通り道』がただのレベルアップアイテムだと思ったら、大間違いだぜ？」

「……？」

……ただのレベルアップアイテムじゃない？

少し引っ掛かりを覚えて、僕は眉を寄せた。

そしてリーダーの男は自慢げに言葉を続ける。

「俺たちが野生モンスターで研究を行なってるのは、当然『不正な通り道』を完成させるためだ。だけどよぉ、俺たちはこいつの新しい使い方を編み出した。上の連中が考えもしなかった使い方をな」

「……上の連中？」

さすがにそれは聞き捨てならない言葉だった。

僕が思わず素朴な疑問を口にすると、彼は隠そうともせずに平然と答える。

「まさかてめえ、モンスタークライムがここにいる十数人ぽっちの小さな組織だと思ってんじゃねえだろうなぁ」

「……他にも仲間がいるのか？」

「そりゃもちろんな。こんなイカレたアイテムを作った組織が、たったこれだけのはずはねえだろ」

善意だのイカレているだの、支離滅裂な発言は置いておくとして。

仲間たちからは〝喋りすぎている〟と注意の声が上がるが、彼はまるで意に介していない様子。

元々お喋りな性格なのか、敵であるはずの僕に対して変わらず話を続けた。

「ま、デカい組織だからよぉ、上層部や下っ端に分かれてるってことだよ。そんで、俺たちゃ、上の命令で実験してるわけ。ちなみに団体名は『虫群の翅音』だ」

「……インセクターズ？」

「あぁ。俺が集めた連中だ。まだこれといった成果を上げてねえからな、こうした下の仕事をしてっけど、俺たちはそれだけじゃ満足できなかったのさ。そして、最高の『不正な通り道（ローグパス）』の使用方法を考え出した」

「いったい、何を……」

……何を言っているんだ。

そう返そうとしたけど、ビィの顔が今までにないくらいに悪意に歪んだのを見て、思わず体を強張（こわば）らせてしまった。

硬直する僕をよそに、彼は語る。

不正アイテムの、さらに悪質な使い方について。

「野生モンスターに『不正な通り道（ローグパス）』を投与し、レベルアップしたそいつらを大量に集めて、従魔たちに倒させる……言わば狩場の生成をするんだよ」

「えっ……」

狩場の生成？

何を言いたいのか、すぐには分からなかった。

しかし、遅れて理解に至る。

野生モンスターに『不正な通り道（ローグパス）』を投与し、高レベルになったそのモンスターたちを一点に集めて、従魔たちに倒させる。

効率だけを求めた、あまりに無機質で作業的なレベルアップ方法だ。

そう理解すると同時に、密かに戦慄してしまう。

それじゃあ、野生モンスターたちはまるで……

僕のそんな思考を読んだのか、ビィという男は決定的なことを口にした。

「『不正な通り道』は自分の従魔のレベルアップには使えない。使ったら暴走して取り返しのつかないことになるからなぁ。なら、野生モンスターにそれを投与して、従魔たちの餌にすりゃいいわけだ。それなら間接的に従魔のレベルは上げられる。格段に楽にな」

そして彼は、攫ってきたベビールージュを乱暴に叩きながら続けた。

「そのために今、こうして野生モンスターたちのレベルアップ具合を確かめてるわけだよ。どうだ、最高の使い方だろ？」

リーダーの男は、はははと愉快そうな笑い声を響かせた。

同じように周りにいる仲間たちも、手を叩きながら平然と笑みを浮かべている。

それに対して僕は、恐怖する気持ちの裏で、次第に怒りを募らせていた。

従魔たちの餌。

どうしてそんな非道な真似をして、平気で笑っていられるのだろう。

いくら野生モンスターだからって、ひどい扱いをするのは間違っている。

それにあそこにいる小鹿モンスターは、温厚でなんの罪もない、無害なモンスターのはずだ。

それなのに彼らは、不正アイテムの実験や従魔のレベルアップのためだけに、あのモンスターたちを……

「そんな、くだらない実験のために……」

「おいおい！　くだらないとは失敬だなぁ！　俺たちゃ世の中のために実験してんだぜぇ⁉」

歯を食いしばって毒づく僕を宥めるように、リーダーの男は語る。

「よく考えてみろよ。今までなんの役にも立たなかった雑魚モンスターどもが、レベルアップして従魔の糧になってくれるんだぜ。『不正な通り道』の本来の使い方とは違うけどよぉ、これは俺たちが考えた最高のレベルアップ方法だ。……ま、上の連中はもっと別のことを計画してるみたいだけどな」

「……」

そんなの、知ったことじゃない。

沸々と怒りを湧きあがらせる僕をよそに、彼はおもむろに両腕を広げた。

後方に控えている従魔たちを見せびらかすかのような仕草だ。

「おかげで俺たちの従魔は信じられねえくらい強くなった！　マスターライン（レベル30）だって夢じゃねえ！　なあ、てめえもテイマーだったら分かるだろ？　従魔がレベルアップしたときの快感が。それがこの雑魚モンスターたちを使って、簡単に味わえるんだよ！」

またも響く笑い声。

もう、我慢の限界だった。

建物内に耳障りな声が響く中、僕は一歩踏み出す。

抑えきれず、声が漏れていた。

「モ、モンスターは……」

悪人たちの笑い声に気圧されながらも、それを振り切るように前に出て、大きく息を吸い込んだ。

奴らの、何もかもが癇(かん)に障る。

耳障りで目障りで、こいつらのすべてを否定したい。

そして、昨日のことなのに、ずいぶん昔の出来事に感じるギルドでの騒ぎを思い出しながら、僕は怒りに身を任せた。

「モンスターは、道具なんかじゃない！」

瞬間、奴らの笑い声がピタリと途絶える。

建物内に僕の叫びが反響し、次いでシーンとした静寂が訪れる。

『虫群の翅音(インセクターズ)』の連中は、面食(めんく)らって固まっていた。

それはリーダーの男も同様だ。

しかし彼は、眉を吊り上げる僕を見て、ニタッと嫌な笑みを浮かべる。

そして笑いを押し殺すように唇を噛むと、うんうんと頷いて僕の叫びに賛同した。

「そうだな、モンスターは道具なんかじゃねえ……」

奴の台詞に、今度はこちらが驚かされる。

以前、冒険者ギルドの酒場では完全に否定されて、言い負かされてしまったのに……

しかし、このビィという男は、僕の考えに賛同したわけではなかった。

「モンスターは……ただの餌だ」

「――ッ！」

「野生モンスターは従魔の餌。俺らの従魔のレベルアップ素材でしかねえ。ただそこら辺をうろちょろしてるだけの役に立たねえ存在なんだ、餌として食ってもらえて本望だろうよぉ」

奴と仲間たちの嘲笑がまたも響いた。

だけどそれは、もう僕の耳には入ってこなかった。

今は、怒りの感情以外、何もいらない。

「……もういい」

「はっ？」

「もういいって、言ったんだ」

不思議そうな顔で固まるリーダーに、僕は言う。

「嫌々組織にやらされているなら、仕方がないって思ったけど、今のを聞いてはっきりと分かった」

こいつらが、ただの悪党だってことが。

悪意によってできていて、悪意によって動いているということが。

そして……

「お前たちが、僕たちの敵だってことが！　そして、絶対に許せない相手だってことが！」

僕の叫びが、再び建物内部に響き渡った。

それに合わせて、気合の入った鳴き声を上げるライム。

しかしビィはそんな僕たちを見て、不気味な笑みを浮かべた。

「へぇ、許せないねぇ。格好いいこと言うじゃねぇか。その度胸は買ってやるよ」

おぞましい視線でこちらを睨み、やがてかぶりを振る。

「だがな、遊びはまた今度だ」

「……？」

「どうせもう、俺たちのことはギルドに話してんだろ？　もたもたしてっと、また面倒くせぇことになるからな、ここは退(ひ)かせてもらうぜ。それに、街には『正統なる覇王(フェアリーロード)』っつー厄介な冒険者パーティーがいるみてえだしな」

思わず僕は眉を寄せる。

戦わないつもりなのか？

確かに奴の言うとおり、すでにクロリアにギルドに報告を入れてもらっている。『正統なる覇王(フェアリーロード)』なる、現状最有力の冒険者たちも街にいる。

歯噛みしながら集団を見据えていると、不意にリーダーが仲間たちに言った。

「おいてめえら、先に行っとけ」

「はぁ～？　なんでだよ、ビィ？」

「バカか？　いくら強くなってるっつっても、さすがにてめえらじゃ金級(ゴルド)の冒険者相手はきついだろ。俺はここらの後片付けしてから行くからよ。それに、一人の方がやりやすい。いいから先に行け」

「ちぇ」

まるで僕とライムのことを無視するかのようなやり取り。

スライムテイマー一人が目の前にいたところで、それは障害でもなんでもない――あからさまな態度に、僕の怒りはますます募っていった。

『虫群の翅音(インセクターズ)』を名乗る集団は、ビィという男を残してこの場を立ち去ろうとする。

そのうちの一人が実験体のベビールージュを連れて行こうとするのを見て、すかさず僕は叫んだ。

「待てッ！」

それに合わせて相棒も身構える。

僕は右手を前に伸ばし、ライムにスキルの『主の声（オーダー）』を掛けた。

――逃がすかッ！

「ライム、【威嚇（ハウル）】だ！」

「キュル、ルゥウゥウゥ！」

瞬間、建物を揺らすような声が響く。

空気をびりびりと振動させ、眼前の目標たちをその鳴き声が捕らえる。

十数人ものテイマーが硬直する姿を目にして、僕は走り出す。

今のうちに先手（せんて）を打つ。

奴らを直接攻撃するのも手だが、最優先はやはり……ベビールージュ！

僕は集団の一人が捕まえているベビールージュを、すかさず奪取（だっしゅ）した。

小鹿はライムの【威嚇（ハウル）】を聞いて、奴らと同じく体を動かせないので、僕が抱えて移動する。

瞬時にベビールージュを助け出すと、僕は相棒の真横まで後退して奴らを睨みつけた。

そのタイミングでちょうど【威嚇（ハウル）】の効果も解ける。

奴らは詰まっていた息を吐き出すように硬直を解くと、僕に視線を集中させた。

一方で『虫群の翅音（インセクターズ）』のリーダーは、スライムテイマーとその従魔にしてやられて、見るからに激怒（げきど）していた。

「やってくれたなァ、スライムテイマー」

その声に釣られて、後方の仲間も額に青筋を立てて怒りを露わにした。

「おいビィ、こいつ……！」

僕を指差して近づこうとするが、ビィが不敵に微笑しながらその男を片手で制した。

「いいからてめえらは先に行け。このスライムテイマーも俺が片付けておく」

それを聞いて、他の者たちは渋々といった様子ながら、自分らの従魔を連れて裏口から出て行ってしまう。

奴らを止めたい気持ちはもちろんあるが、正直、大人数を一人で相手にできるとは思えない。

そして何より、目の前の男が異様な殺気を放って僕の動きを封じていた。

まあ、こいつ一人を捕まえれば充分だし、一対一なら好都合だと、僕は眼前の敵へと意識を集中させた。

2

仲間たちがいなくなったのを確認し、ビィはパチンと高らかに指を鳴らした。

するとそれを合図にして、奴の後方からブブという翅音が聞こえてきた。

現れたのは、巨大な蜂。

昆虫種のモンスターが多いこの森にぴったりな、獰猛そうな巨大蜂だ。

黒と黄色の縞模様が目立ち、ぷっくりと膨れた下腹からは槍の穂先みたいな針が剥き出しになっている。

そいつは派手に翅を鳴らし、こちらを挑発するように旋回してビィの真横へとついた。

奴の従魔らしく、主人と似た性格をしている。

彼は自身の相棒を横に従えると、一層余裕を滲ませて口を開いた。

「つーわけだ、スライムテイマー。大人しくしてたら放っといてやろうと思ったが、そっちがその気なら、遠慮なく行かせてもらうぜ。それに……」

奴はちらりとライムに目をやって、不気味な笑みを浮かべる。

「実験に使えそうな従魔も、いることだしな」

背筋を凍らせるほど、低く擦れたその声。

大切な相棒を不快な視線で見られて、たとえようのない悪寒を感じる。

反射的に僕は相棒の名を叫んだ。

「ライムッ！」

相手も反応して、従魔の名を呼んだ。

「クイーンホーネット！」

お互いの従魔がそれぞれの鳴き声を上げ、飛翔する。

水色の直線と黄色の波線が衝突(しょうとつ)する寸前、二人のテイマーが声高(こわだか)に『主の声(オーダー)』を響かせた。

「【限界突破(リミットブレイク)】！」

「【大蜂飛針(ワスプスティング)】！」

嫌なほど呼吸の合った『主の声(オーダー)』に、従魔も同じく鳴き声を重ねた。

ライムの体が赤熱する。クイーンホーネットの下腹から極太の針が射出(しゃしゅつ)される。

すかさずライムは横に跳ね、見事に回避(かいひ)した。

続けて飛来する針も、スキルによって強化された俊敏性(しゅんびんせい)で次々と躱していく。

ザクザクと音を立て、倉庫の床にいくつもの極太針が突き立てられる。

「はは！　やるじゃねえか、てめえのスライム！　まさかそんなスキルまで持ってるなんてよォ！」

休みなく針を飛ばし続ける蜂の横で、その主人が高らかな笑いを上げる。

僕はそれに気を取られることなく、奴の従魔を注視し続けた。

クイーンホーネットが放つ針には、間違いなく毒が含まれている。

掠っただけでも致命傷(ちめいしょう)になりかねない、強力な毒だ。

それを立て続けに撃(う)たれては、さすがのライムも攻め切れない。

だが、何者にも弱点というのは存在する。

三発だ。

クイーンホーネットが【大蜂飛針(ワスプスティング)】を連続で撃てるのは三発まで。次の射出の間にわずかな溜(た)めが入る。

本当に些細な攻撃リズムの変化だけれど、ライムならそこに斬り込める。

【限界突破(リミットブレイク)】の効力が続いているうちに、絶対に倒す！

数瞬の溜めの後、クイーンホーネットが再び【大蜂飛針(ワスプスティング)】の連射(れんしゃ)に入った。

一発、二発、三発。すかさず僕は叫ぶ。

「今だ、ライム！」

「キュルキュル！」

たった一言だけでこちらの意図を汲(く)んでくれたライムは、三発目の針を躱した勢いで、そのまま大蜂のもとへと飛んだ。

主人の僕でさえ驚くその素早さに、奴らも目を見張る。

真紅(しんく)の軌跡(きせき)を描きながら、空に打ち上がる流星よろしく、ライムは停止飛行するクイーンホーネットを捉えた。

「キュルッ！」

ズンッ！　と重くて鈍い音が響く。

【限界突破】によって強化された体当たりを、無防備な顔面に叩き込まれた巨大蜂は、〝ギィイィ〟とおぞましい叫びを上げて後方へと吹き飛んだ。

次いで柱に激突し、墜落する。

対してライムは体当たりの勢いのままくるりと空中で宙返りし、器用に着地した。

ぴょんぴょんと二度のバックステップで僕の前へと戻ってくる。

「チッ！　くそスライムがァ……！」

ビィは唇を噛みしめる。

自身の従魔がやられて機嫌を損ねたのだろう。

奴はすかさずクイーンホーネットのもとまで駆け寄り、怒号を飛ばした。

「何してやがる！　さっさと起きろ！」

頭を鷲掴みにされて持ち上げられた大蜂は、ブブ……ブと不規則な翅音を立てて、フラフラと宙に舞った。

ライムの体当たりが相当効いているようだ。

再び従魔を横に侍らせたビィは、〝どうなってやがる〟と訝しげにライムを睨みつける。

最弱のスライムがあの弾幕をかいくぐり、鍛え上げた己の従魔を吹き飛ばしたことが信じられない様子だ。

まさか、あの攻撃の弱点を知らなかったのか？

確かに【大蜂飛針】の連射後の微細な硬直を捉えるのは困難だと思う。

しかし主人ならば、幾度もスキルを発動してそれを見ているはずなので、いずれ自然と気付くはずだ。敵である僕でさえ、少し戦った程度で分かったのだから。

……と、ここで僕は、ビィの従魔クイーンホーネットの特別な成長過程について思い出す。

奴らは『不正な通り道』を使った悪質な方法で、効率的にレベルを上げた。

〝マスターライン（レベル30）だって夢じゃない〟という言葉を聞くに、すでにミドルライン（レベル20）は突破しているものと思われる。

普通なら、こちらのレベルを遥かに上回る彼らは、相応の戦闘経験を積んでいるはずだ。

しかし、そうではない。

それはひとえに、『不正な通り道』を使った機械的なレベル上げに原因がある。

どんなに筋力トレーニングに励もうが、喧嘩で最強になれるわけではない。

機械的に従魔のレベルを上げたところで、得られるのは、使いこなせずに持て余す多彩なスキルと身体能力だけだ。

確かに、戦いではレベルとスキルとランクが重要になる。おそらく一般的なテイマーたちを相手にするなら、その上辺だけの力で充分だ。

しかし僕とライムには通用しない。

格上の敵を数多く打ち破ってきたライムの〝戦闘技術〟。

そして、僭越(せんえつ)ながら……不利な戦況でも諦めずに打開してきた僕の判断力。

従魔の力とテイマーの頭においては、僕らが遥かに上回っている。

——こいつら、そこまで強くない。

ビィの語った『不正な通り道(ローグパス)』を応用したレベル上げには、大きな欠陥(けっかん)が存在したのだ。

「クイーンホーネット、【吸血接吻(モスキートキス)】！」

やけくそのように放たれた『主の声(オーダー)』が、閑散(かんさん)とした倉庫の内部に響き渡る。

すると、傍らにいた巨大蜂が翅を激しく震わせ、身構えるライムのもとへと飛翔した。

下腹から突き出た針が、毒液に濡れてぎらりと光る。

今度は接近型のスキルだ。そう確信するや、僕も負けじと大声で叫ぶ。

「ライム、針に注意しろ！」

「キュルキュル！」

指示を受けた相棒は、余裕を持って突き出された針を回避し、すかさずクイーンホーネットの裏へと回り込んだ。

それを追って、針を突き出し続ける大蜂。

確かに素早さはレベル相応に高いように見える。

下手をしたら、【限界突破】を使ったライムよりも俊敏なのではないだろうか。

しかし、攻撃が勢い任せで、動きに無駄が多すぎるのだ。

決してクイーンホーネットが悪いというわけではない。レベル上げに注力するあまり、これまで戦闘を教え込まなかった主人に責任がある。

やがて僕は、二匹の従魔の攻防を見て、あることに気付く。

クイーンホーネットは何回か針を突き出すと、ライムの裏に回るようにして空中を旋回する。

いかにも蜂らしいその動きには、ある規則性が存在した。

右か左。二パターンしかないその旋回の予備動作として、クイーンホーネットは一瞬停止の後、進行方向にわずかに体を傾けるのだ。

そして旋回の最中は、下腹を力なくだらんとさせている。おそらくこの間は、素早い攻撃はできまい。

確信を得ると、僕は二匹の攻防に鋭い視線を注いだ。

シュッ！　シュッ！　シュッ！　と針が空振りする音が鳴り、やがてそれが途絶える。

瞬間、クイーンホーネットの動きが一瞬止まり、ぴくりと体を傾けるのが見えた。

「左に体当たりだ！」

「キュルッ！」

短い『主の声（オーダー）』の通り、ライムがジャンプする。

ライムが跳んだ先にはまだ何もない。

しかし次の瞬間、吸い込まれるようにしてクイーンホーネットが旋回してくる。

まるで未来予知にも似たライムの動きに、さすがの大蜂も驚いた様子を見せた。

ズカッ！　と二度目になる体当たりが炸裂（さくれつ）すると、クイーンホーネットは耳障りな鳴き声を上げて吹き飛び、倉庫の冷たい地面にパタリと横たわった。

その姿を見て、主人のビィはさらに歯を食いしばる。

「勝負あったんじゃないのか？」

僕は彼に低い声で告げた。

「……」

ちょうどそのタイミングでライムの【限界突破（リミットブレイク）】も切れて、燃えるように赤かった体が水色へと戻った。

相棒は僕の横に並び、一緒にビィを睨みつける。

従魔が倒れた今、奴に戦う術はない。

クイーンホーネットが回復するまで相当な時間を要するのは、当人も承知しているはずだ。

「じきにテイマーズストリートからギルドの人が来る。それまで大人しくしていろ」

勝利宣言に近いその台詞に、ビィはぎりっと歯を鳴らす。

次いで力なくうなだれて、静かになってしまった。

敗北を認めた、ということでいいのだろうか。

まあ、この状況ではそれも無理はない。賢明な判断と言うべきだ。

戦意を感じられないビィの姿を見て、内心でほっと安堵する。

無駄に抵抗されたら余計な傷を付けることになるだろうから、向こうから折れてくれるなら、それが一番ありがたい。

なんて呑気に考えている僕の思考に、不意に微かな笑い声が割り込んできた。

「ク……ククッ……」

「……？」

それは確かにビィの口元から零れていた。

戦意喪失したかの様子でうなだれる彼は、不規則に低い笑いを漏らし続け、それに合わせて肩が揺れている。

やがてビィは不気味な笑みを浮かべた顔を上げて、僕を見据えた。

「大人しくしてろだァ？　何一人で勝った気になってやがる。図に乗んなよ、スライムテイマーがァ」

すでに勝負は見えたはずなのに。

いまだに余裕の表情を浮かべ続けるビィに、僕は密かに戦慄する。

奴はそんな僕には目もくれず、倒れている従魔のもとへと歩み寄っていった。

まさかあの状態から即座に回復させる手段でもあるのか？

しかしそんな僕の心配をよそに、ビィは情け容赦なく従魔の頭を掴んで持ち上げた。

主人と従魔に良好な関係など無意味だ——そう見せつけられたように感じ、僕とライムは思わず歯噛みする。

ビィは大蜂の顔に口元を寄せ、低く囁いた。

「クイーンホーネット、やれ」

弱り切った従魔に対する無慈悲（むじひ）な『主の声（オーダー）』。

クイーンホーネットはブブ……ブと弱々しい翅音を立ててなんとかそれに応える。

これ以上何を……？　と、首を曲げ続ける僕は、ふと何かの気配を感じ取った。

ビィが『主の声（オーダー）』を掛けた直後から、心なしか足元が揺れているような気が……

「最弱のスライムテイマーのてめえは知らねえと思うが、Bランク以上のモンスターには、基本的に〝ある能力〟が備わってんだよ」

「……能力？」

不意に明かされた事実に、疑問が募る。

Bランク以上のモンスターについては確かに知らない。

相棒がFランクモンスターだからというだけではない。そもそも絶対数の少ないBランク以上のモンスターについては、まだ解明されていないことが多数あるからだ。

それにしても、〝基本的に備わっている能力〟とは、いったいなんのことだろう？

それに、どうして今そんなことを……？

「後天的に発現するスキルとは違う、先天的に宿している力……『アビリティ』」

「アビ……リティ？」

「俺らはそう呼んでる。スキルのように厄介な制約や使用制限は一切ねえ。言っちまえば〝体質〟みてえなもんだからな。何せステータスに記されねえし、常時発動型や、モンスターが無自覚で放っている場合も多いから、主人が気付かないケースも少なくねえ。ま、主張の強いクイーンホーネットはその限りじゃねえけどな」

アビリティ。僕には聞き覚えがない言葉だった。

やがて僕は、ビィがこんな話を始めた理由を悟（さと）った。

奴はさっき、そのアビリティという力を使わせたのだ。

そして、クイーンホーネットのアビリティは、今この瞬間にも発動している。

嫌な予感が高まり、僕はライムとともに一層強く身構える。

ビィは不気味な笑みを深めて続きを口にした。

「そしてクイーンホーネットの持つアビリティは……【女王蠱惑（クインズフェロモン）】。同じ昆虫種のモンスターを惑わせ、完全に掌握する力だ」

「昆虫……種？」

ぞくりと背筋が凍えた。

昆虫種のモンスターを掌握する、ということは、野生の昆虫型モンスターを自由に操ることができる、ということだろうか？

もし、そうだとしたら……

さっきから感じる地面の揺れが錯覚ではなく本物だと気付いたときには、外からおぞましい鳴き声が聞こえていた。

ゴゴゴと響く不吉な振動に、僕は何もない後方の石壁を振り返る。

そこに、勝ち誇ったビィの声が耳を打つ。

「これが俺らとてめえらの差だ、スライムテイマー」

瞬間、倉庫の壁が外側から粉砕される。

降りかかる石の破片に目をくらまされている間に、大きく開いた穴から大型の昆虫モンスターたちが、大量になだれ込んできた。

「なっ――!?」

突然の事態に、全身に一気に緊張が走る。

そして瞬時に電撃的な思考が脳裏を走った。

奴がさっき〝一人の方がやりやすい〟と言って仲間を逃がしたのは、これが理由だったのか。

この辺りにいる野生の昆虫モンスターを呼び寄せたとき、仲間を巻き込まないためだ。

同時に奴らがここにアジトを建てた理由も理解した。

奴にとってこれほど絶好な場所はない。

冒険者が来たところで、アビリティとやらの力を使い、このエリアにいる巨大昆虫をけしかければいいのだから。

そして僕はまんまと、その巣(テリトリー)に足を踏み入れてしまったんだ。

これこそが、ビィの奥の手。

疑似(ぎじ)的な多頭使役者(マルチテイマー)とも言える能力だ。

戦うか、逃げるか——僕は目の前の景色と後方のライムを意識し、迫(せま)られたこの選択に数秒の時間を要した。

その最中、眼前の昆虫群(ぐん)の中から一匹のカマキリ型モンスターがやってきて、肉厚な前腕の鎌で素早く薙(な)いできた。

僕は驚きに目を見開きながらも、すかさず後方に飛び退(の)いて直撃を免(まぬが)れる。

しかし衣服を掠めたようで、胸の部分がばっさりと切れていた。

見ると、カマキリモンスターだけでなく、追随(ついずい)するように他の昆虫モンスターも迫っていた。

ダメだ、敵が多すぎる。やはりここは一度退いた方がいい。

そう判断するや、後方のライムを呼び、僕は建物内に目を走らせた。

端っこでガタガタと震える小鹿型モンスターを見つけ、僕は反射的に走り出す。

飛びつくように抱きかかえると、小鹿は抵抗せずに身を任せてくれる。

次いで、一番近くの——僕たちが入ってきた——出入口から外に飛び出し、一目散に建物から離れた。

「ははっ！　尻尾巻いて逃げんのかよ、スライムテイマー！」

後ろからビィの笑い声が聞こえてくる。

それに気を取られることもなく、僕はベビールージュを抱えて、ライムとともに森を走った。

この状況で逃げない方がおかしい。

昆虫モンスターの力の強さは充分理解した。ライムの【限界突破】もしばらくは使えないし、何より、あの数と真正面から戦って勝てるわけがない。

しかし幸い、奴らは体が大きくて小回りが利かないため、俊敏性では圧倒的にこちらが勝っている。

ベビールージュを救出するという当初の目的も果たしたことだし、このまま逃げ切れれば……

「簡単に逃げられるとか思ってんじゃねえぞ！」

再び響いたビィの叫び。

それに応えるようにして、突如前方の茂みから蟻型のモンスターが飛び出してくる。

いきなり黒い塊が目に映り、とっさに体を捻る。

「ぐっ――！」

間一髪。

ノコギリにも似た大顎を開いて噛みついてきたおぞましい黒顔を紙一重で躱し、横を通り抜けた。

新たな追跡者の登場に顔をしかめながら、僕は乱立する木々に視線を巡らせる。

やはり数が多すぎる、外にはまだたくさんの昆虫型モンスターが闊歩し、ビィはその一匹一匹を自由にコントロールできるのだ。

これじゃあ森からの脱出は困難を極める。

残された手は……

僕は木々の間を縫うように駆け、追跡者の監視の目をくらました一瞬の隙を突き、ライムとともに茂みに飛び込んだ。

息を殺し、わずかな枝葉の隙間から周囲を窺う。

「おいおい、無様に隠れてんじゃねえよ、雑魚テイマー！　さっきまでの威勢はどうしたあ!?」

ビィの叫びからして、どうやらこちらを見失ったらしい。

しかしそう長くは持ちそうにない。

昆虫種のモンスターの中には、特殊な方法でターゲットを見つけるものもいるそうだが、それでなくても、数に物を言わせて探されればすぐに見つかってしまう。

悠長に考えている暇はない。

僕は抱えていたベビールージュを下ろし、声を落として話しかける。

「君はしばらくここに隠れてて。僕たちが奴らを引き付けておくから」

「キィイ」

了解した、という意味と判断していいのかどうか。

不安げに小さく鳴いた小鹿を置いて、僕とライムは茂みから飛び出した。

少し走ると、再び昆虫種の大群に見つかってしまう。

ビィとクイーンホーネットを中心に、周囲に大型昆虫を配した隙のない陣形で僕たちを探していた。

見ると、ビィの手には大きな槍が握られている。最後は自分で止めを刺しにくるつもりだろうか。

その迫力に気圧されたわけでもないが、僕とライムは奴らに背中を向けて走りはじめる。

ビィが追ってきたのを確認し、僕は再び頭をフル回転させた。

逃げ切れないのであれば、戦うしかない。

しかし正面からではなく、あくまで側背(そくはい)を狙う。

この昆虫群を一匹一匹相手にするのはさすがに無理があるので、司令塔(しれいとう)であるビィ・クイーンホーネットのコンビを直接叩くしかない。

そうすればアビリティの使用ができなくなり、大量の昆虫モンスターをけしかけられることもなくなる。

そのための秘策(ひさく)。

奴が奥の手を使ったのならば、こちらも奥の手で迎え撃つ。

【分裂】と【自爆遊戯(デッドリーボム)】を併用した、〝分裂爆弾〟だ。

あとはいかにして、あの陣形の中心に分裂ライムを投下するか、だが……

【威嚇(ハウル)】は先刻、ビィに聞かれてしまった。

当然警戒しているだろうから、奴らには効果が薄い。

周りの昆虫モンスターを一時的に止めたところで、ターゲット自身に動かれては確実なヒットは望めない。

ならば……と僕は、隣を走るライムに目を落とし、一つの作戦を立てる。

ぴょんぴょんと跳ねる相棒を呼び、頭の上に乗ってもらうと、不思議そうにするライムに命令を出した。

――イチかバチか。

「ライム、【分裂】だ」

「……キュルキュル」

少し困惑したようだったが、ライムは僕の『主の声（オーダー）』に従って頷いた。

ぽよんと心地好い音を響かせると、ライムの水色の体からもう一匹のライムが軽快に飛び出してきた。

すかさずそれを両手でキャッチして、本体同様に不思議そうにしている分裂体に、新たな『主の声（オーダー）』を出す。

「分裂ライム、【収縮】だ」

「キュルル」

とりあえず言われた通りにしようといった感じで返事をすると、分裂ライムは体を縦に揺らしはじめた。

つい先日習得したばかりのスキル、【収縮】。

スライムの固有スキルとしてはポピュラーなそれは、空気を抜くかのように丸い体を小さくしていく技だ。

野生に出没するスライムは、よくこれを潜伏や逃亡のために利用する。

使用中は素早さ以外の身体能力が大幅に低下するので、戦いが苦手なスライムにお似合いのスキルと言える。

やがて僕の手の中で硬貨くらいの大きさになった分裂ライムが、こちらを見上げて嬉しそうに鳴いた。

「キュルキュル」

一層高くて可愛らしい声を聞き、僕はこくりと頷く。

これで下準備は完了。

あとはこの分裂収縮ライムを、奴らが通りかかりそうな場所に……

僕はある程度均された道を走りながら、きょろきょろと辺りを見回す。

すると、不意に頭上のライムが〝キュルル〟と鳴き、上を見るように指示を送ってきた。

見るとそこには人の頭より少し高いくらいの位置に木の枝が伸びていて、葉っぱが多く生えている。

ここに分裂ライムを隠しておき、ビィが真下を通ったその瞬間に、タイミングよく落下してもらえれば。

分裂後で体力を消耗しているはずなのに、絶好の場所を見つけてくれたライムを撫でて労い、すかさず分裂ライムを枝先の葉に隠す。

少し身長が足りなかったけど、分裂ライムが手の上でぴょんと跳ねて、無事に仕掛けは済んだ。

ちょうどそのとき、獣道の向こうから奴らがやってきたのが見え、僕は再び走り出す。

カマキリ、芋虫、蝶、蟻、様々な昆虫モンスターに囲まれながら、ビィは強者の余裕をたたえる笑みを浮かべていた。

虫の群れを引き連れて、一歩一歩こちらに迫ってくる。

その薄ら笑いと余裕を一緒に消し去ってやる、と意気込みながら、僕は集中してタイミングを見計らった。

あと五歩、四歩、三歩、二歩、一歩――

「今だ！」

すかさず振り向いて叫びを上げると、反射的にビィはぎょっとして足を止めた。

そこに頭上から、水色の玉が落ちてくる。

まるで雨上がりに葉先を伝って滴る雫のように、収縮した分裂ライムがビィたちのもとへと落下した。

「【自爆遊戯】！」

「キュルルルゥ！」

瞬間、ビィの目の前に落ちた分裂ライムが、可愛らしい高音を発した。

奴はとっさに反応することもできず、虫たちの中心でただ呆然としている。

――勝った！　そう確信し、僕の頬が緩む。

『主の声（オーダー）』の勢いで振り上げた右手を勝利を掴み取るように握りしめ、鮮やかな逆転劇を目に焼き付けようと……

パチンッ！

虚（むな）しくも軽やかな破裂音（はれつおん）が、この場にいる全員の耳を打った。

「………え？」

見ると、分裂ライムを目前に呆然としていたビィが、驚いた表情で立ち尽くしていた。

奴が見つめる先に、すでに分裂ライムはいない。

ただそこには、申し訳程度に舞う煙が森の空気をわずかに濁（にご）らせていた。

「な……んで……」

……失敗、したのか？

呆けた頭に、断片的な思考が流れ込む。

あの煙を見ても、あそこにいた分裂ライムが【自爆遊戯（デッドリーボム）】を使ったように見える。

命令がちゃんと届いているなら、どうしてビィは今、無傷であそこに立っていられるんだ？

奴が従える虫や周囲の野生モンスターが介入した形跡は……ない。

皆、ビィの前で起きた小爆発に反応し、一点に視線を集中させている。

ビィの従魔クイーンホーネットに至っては、主人の手で頭を掴まれて、まるで道具のような扱いを受けていた。

分裂ライムは突然消滅したのか？

いや、そうじゃない……。

【自爆遊戯】は、確かに発動したんだ。

しかしその威力が、極限まで抑えられていた。

原因は何か。

普段と違うのは……

直前に使用したスライムの固有スキル【収縮】。それしか考えられない。

ここからは憶測でしかないし、認めたくない事実だけど、先日習得したばかりの【収縮】と【自爆遊戯】を併用したのは今回が初めてだ。

切羽詰まっている状況だからこそ、考えが至らなかった。

おそらく【収縮】によって体のサイズを縮めると、それに応じて【自爆遊戯】の威力が低下するのだ。

今までなんとなしに使ってきた【自爆遊戯】。

てっきり僕は種族やその他の条件によらず、威力が固定されているものだとばかり思っていた。

今まで、いくらライムのレベルを上げても【自爆遊戯（デッドリーボム）】の威力は上がらなかった。

ゆえにそう思い込んでいたのだが、しかし真実は違っていたらしい。

もしかしたら【自爆遊戯（デッドリーボム）】は、〝使用者の体の大きさ〟に比例して、爆発力が変動するんじゃないか？

よくよく考えれば、クレイジーボムとライムの大きさはほとんど変わらない。

だから、両者の爆発規模は似たようなものだった。

それも僕の目を曇らせていた一因だ。

もう少し注意して、検証（けんしょう）を重ねておけば……

今さらの後悔に歯噛みしていると、ようやく我に返ったビィが盛大な笑い声を上げた。

「はっ！　なんだよ、今のは？　サプライズパーティーでも開いてくれんのか？」

その挑発に対して一言くらい言い返してやりたいところだったが、僕は奥の手の攻撃をしくじったショックに、いまだ混乱の最中（さなか）にある。

ここからどうすればいいのか。それすらも分からずに立ち尽くしていると、いつの間にか周囲を大型の昆虫モンスターに囲まれていた。

逃げ場がないうえに、打つ手なし。

すべては考え足らずだった自分のミスなので、怒りは自分にぶつけるしかない。

僕は改めて、自分の弱さを痛感した。

ぎゅっと拳を握り込んでいると、不意に目の前の男の声が聞こえた。

「何がしたかったのか知んねえが、自分の従魔の技を理解してなかったみてえだな。テイマーとしちゃ、大問題だぜ」

「……」

「さっきはでけえ口を叩いてたが、さすがにもうそんな余裕はねえか？」

昆虫群を引き連れた男は、口元を歪めながら肩をすくめる。

うなだれる僕を見下して一層笑みを深めると、ビィは勝利宣言とも言うべき叫びを森に響かせた。

「これがてめえの限界だよ、スライムテイマー！」

瞬間、その声に反応して、一匹の野生モンスターが飛び立つ。

目を向けると、眼前に角の生えた黒光りする大きな昆虫が飛来していた。

こちらを貫かんと光る角の先端を突き出し、ブブブと激しく翅を震わせている。

完全に思考が停止した僕は、全身の力を抜いたまま、ただ呆然と迫る魔手を見つめていた。

――これで、僕の負け。

「キュルッ!」

そこに、相棒の鳴き声が耳を打った。

ライムは僕の頭上から素早く下りると、着地した反動でバネのように弾み、黒光りする昆虫を迎え撃った。

先端の角を掻い潜り、敵の額に体当たりを打ち込む。

両者は互いに弾かれて後方に吹き飛び、ライムは地面を転がって僕の足元まで戻ってきた。

「ライムッ!」

しゃがんで、相棒を抱き上げる。

クイーンホーネットとの戦闘と先ほどの【分裂】の使用により、ライムの体力はすでに半分以下になっている。

それでも自分よりも何倍も大きい昆虫型モンスターに立ち向かい、僕の身の安全を守ってくれた。

その事実を前に、ようやく意識が覚醒してきた。

たった一度の失敗で、僕は何を諦めているのか。

これまで数多の窮地に立たされても、乗り切ってきたじゃないか。

それはライムが一緒にいてくれたから。

そして今も。

戦うことをやめるな、生きることを諦めるな。

僕が死ねば、ライムだって一緒に消えてしまう。

それだけは絶対にダメだ！

両目をカッと見開いて周囲を見回し、僕は生きるための一手を講(こう)じた。

「ライム、【威嚇(ハウル)】だ！」

「キュル、ルゥウゥウゥ！」

腕の中のライムが、疲れを滲ませながらも盛大な叫びを上げてくれた。

広大な森に可愛らしい鳴き声が響いた途端、周りの昆虫型モンスターの動きがガクッと止まる。

ビィは先刻このスキルを受けていたため、完全な硬直は免れたものの、突然の僕の行動に驚き、目を見開いていた。

刹那、僕はライムを抱えたまま地面を蹴る。

こちらを取り囲む虫の壁にわずかな隙間を見出し、無理やり体をねじ込んだ。

なんとか昆虫の包囲から抜け出すと、再び森の中を走って逃亡を試みる。

「おい！　何してやがる！　さっさと追え！」

後方からビィの叫びが聞こえてくる。

しかし、それに応える虫はいない。

あと数秒は、【威嚇(ハウル)】の効果で動けないはずだ。

そのあまりにも短い猶予(ゆうよ)の中、僕は一本の大木の陰(かげ)に身を隠した。

荒い息を整えているうちに、足の力が抜けてずるずると座り込んでしまう。

腕の中の相棒に目を落とすと、ライムはひどく疲弊した顔だったが、僕を元気づけようと見上げて無理に笑みを作った。

本当にさっきは危なかった。

もう少しで、大切な相棒を手放してしまうところだった。

僕が死ねばライムも消える。

僕がやられそうになれば、ライムは無理にでも助けに入る。

僕はテイマーとしてはまだまだ未熟だった。

自分がまだこんなに弱いなんて。

あまつさえ、戦闘中に致命的な『主の声(オーダー)』ミスをして、ライムの頑張りを無駄にするとは思ってもみなかった。

何よりも、ライムのことを分かってあげられなかったのが、一番悔しい。

ぎりっと歯を食いしばり、改めて己の無力さを噛みしめる。

そして軽く目を閉じて、今一度思考に没入(ぼつにゅう)した。

――僕は弱い。けど、あいつにだけは負けたくない。

辺りからはカサカサという足音がまばらに聞こえ、時折奇妙な鳴き声が耳に入ってくる。

どうやら奴らが動きはじめたようだ。

そう長くは隠れていられないので、思考に割ける時間にも限りがある。

僕は数秒で目を開けると、腕の中でくたくたになっているライムをそっと撫でて、懇願するように囁いた。

「ごめんね、ライム。ちょっと辛いかもしれないけど、もう少しだけ、弱い僕に力を貸して」

僕の願いに、ライムは身を寄せて応えてくれた。

3

多数の昆虫と木々に囲まれる中。

その独特の臭いに顔をしかめることもなく、ビィは平然と森を歩き回っていた。

彼にとってこの臭いは、すでに嗅ぎ慣れてしまった生活臭だ。

そしてクリケットケージと名付けられたこの森は、いわば彼の庭のようなものである。

ゆえに、ビィは困惑していた。

（どこに行きやがった、あいつ？）

視線を彷徨わせ、一人の少年の姿を探す。

しかし人影どころか足跡も見つからない。

庭と言うだけあって、この森の地形や特性はすべて頭に入っている。

ビィは森の住人である昆虫たちにも命じて探させてはいたが、それでも見つけられないとなると、少年のかくれんぼの腕前はなかなかのものと言える。

いや、得意というどころか、野生の獣並みだ。

奇妙な少年ではあった。

突如、ビィが造り上げた集団『虫群の翅音(インセクターズ)』のアジトに乗り込んできて、ギャーギャー喚(わめ)き、綺麗事を並べはじめた。

相当な命知らずである。

そのうえ、彼が従えていた従魔は、まさかのスライム。

スライム一匹で巨大昆虫の巣窟(そうくつ)に乗り込むとは、いよいよ〝狂った奴〟だと、ビィは少年を侮蔑(ぶべつ)した。

しかし、少年のテイマーとしての実力はなかなかのものだった。

おまけに従魔のスライムは、獣種のスキル【威嚇(ハウル)】や亜人種のスキル【限界突破(リミットブレイク)】などを使う。

ますます奇妙さに拍車が掛かる。

だからこそ。

すでにギルドの捜索隊がこちらに向かっているのにもかかわらず、ビィは逃げるという選択を取らなかった。

あの少年を放っておけないと思ったから。後々組織にとって厄介な人物になると思ったのだ。

ここで自分が仕留める――そう決意して捜索を続けるも、発見には至らない。

まさか自分の庭に入り込んだ人間を探すのに、ここまで苦労するとは思っていなかった。

内心で辟易するビィの視界に、ふと華奢な人影が映りこんだ。

（あっ？　なんだあいつ？）

それは目の前に立っていた。

追われていることなんぞ知らぬといった態度で、森を貫く一本の獣道に佇んでいる。

衣服は所々裂け、泥だらけ。左腰に木剣を下げているが、いまだ抜いていない。

あの少年だ。

苦労して探していた獲物が、まさか堂々と自分の前に現れるとは。

嬉しさや怒りよりも、訝しさが彼の頭を満たした。

さらに不可思議な点はそれだけではなかった。

(右手に……スライム？　いったいどういうつもりだ？)

彼の手には、確かに従魔のスライムが乗っていた。

頭の上に乗せたり、腕に抱えたりして移動する姿は何度も見たが。

今度はいったいどんな意図があるというのだ？

自分の前にのこのこ出てきたこともさることながら、ただ手にスライムを乗せているだけではないか。

ビィは少年の行動が理解できず、首を傾げ続けていた。

「【膨張】だ」

不意に少年が『主の声(オーダー)』を発する。

「キュルキュル！」

手中のスライムが嬉しそうに鳴き、濃密(のうみつ)な森の空気を精一杯(せいいっぱい)吸い込みはじめた。

ビィの目には、確かにスライムが膨らんでいるように見えていた。

スライムの固有スキル【膨張】は、体を膨らませることによって相手を威圧する、いわば見せかけの技だ。

大きくなったからといって、力が増すわけでも重くなるわけでもない。むしろ動きづらくなって俊敏性は失われる。

本当に敵を威嚇するためだけのスキルなのだ。

偽物で相手を惑わせる【分裂】や、隠れるために小さくなる【収縮】など、逃げることを前提に戦うスライムにはお似合いの技だが……どうして今この場面で使うのかは定かではない。

今度は何をするつもりだ？　と、疑問符が浮かぶ。

しかしすぐに雷撃的な閃きが脳を撃ち抜き、ビィははっと息を呑んだ。

先刻、あのスライムテイマーはなんとも無意味な攻撃を仕掛けてきた。

真正面で発生した、虫一匹殺せないほどの威力の小爆発。

あのとき、ビィの目はちゃんと捉えていた。

木の枝から落ちてきた、水色の塊を。

あれは極小(ごくしょう)サイズのスライムだったのではないか？

そしてそれは、少年が口にした『主の声(オーダー)』――【自爆遊戯(デッドリーボム)】によって爆発した。

これらを総合してみると……

（読めたぜ、てめえの狙いがな）

ビィは不敵な笑みを作った。

それに応えたわけではないだろうが、正面の少年が再び背を向けて走り出した。

「待ちやがれッ！」

ビィは虫たちを引き連れて追う。

ここで逃がすわけにはいかない。

奴の狙いが〝時間稼ぎ〟と分かった以上、早急に仕留めなくてはならない。

「全員で攻撃しろ！」

ビィが『主の声（オーダー）』を発すると、従魔のクイーンホーネットを介して周囲の昆虫モンスターへと命令が伝えられた。

様々な足音と翅音を立てて、数十匹の虫が少年に迫る。

それに倣（なら）って司令塔のビィも、槍を手にして自らスライムテイマーの後を追った。

少年は今、完全に逃げの姿勢だ。

先ほどのようにスライムが反撃してくることはない。おそらくあの手に持ったスライムは分裂体で、本体は【収縮】のスキルを使い、懐（ふところ）などに隠している可能性が高い――ビィはそう推測した。

少年の狙いが逆転の一撃にあると分かったからだ。

自爆スキルとして名高い【自爆遊戯（デッドリーボム）】。

少年はそのスキルを、スライムの固有スキル【分裂】と併用して攻撃スキルとして活用している。

先ほどはさらに【収縮】のスキルと合わせることによって、反撃を試みた。

ここまで分かれば、後は思考を追随するのみ。それで少年の行動が読める。

覚えたてなのか、少年は従魔のスキルについて詳しく知らなかったと思われる。

そして先ほどの失敗を踏まえ、今度は【収縮】ではなく【膨張】のスキルと併用することに決めた。

ただでさえ体力が半減しているスライムを酷使（こくし）してまで【分裂】にこだわる理由。

それは、【自爆遊戯（デッドリーボム）】の威力に体の大きさが関係していると考えたからだ。

奴は今、周囲の昆虫もろともこちらを吹き飛ばすために、〝超特大の爆弾〟を作り上げようとしている。手に乗せているのは、その爆弾を投げつけるためだ――ビィはそう結論付けた。

軽薄（けいはく）な性格ではあるが、曲がりなりにもモンスタークライムから下部組織のリーダーを任されるだけあって、ビィはここ一番の場面で、なかなか頭の回る男であった。

「ギギギギッ！」

ビィの『主の声（オーダー）』を聞いた虫の一匹が、黒光りする極太の角を向けて少年の背に襲いかかった。

しかし、あとわずかのところで察知され、あえなく回避されてしまう。

黒虫の攻撃を躱した少年は、それでも手中のスライムを落とすことなく、器用に体を回してバランスを保った。

次いで、襲い掛かるのは巨大カマキリの前腕。

少年はそれも後方へ大きく飛び退いて難なく躱す。

細い体つきの割に良い動きと言える。そのうえ今は集中力が極限まで高まっているのが窺える。

捉えるのは容易ではない。

しかし、それも数で圧倒すれば時間の問題であった。

いくら少年が逃げの天才であったとしても、四方八方から迫る虫の群れから逃げ切るのは至難の業。

加えてここは森の中。次第にぷっくりと膨れ上がっていくスライムを乗せたままでは、思うように動けるはずもなかった。

爆弾が完成するのが先か、はたまた少年の悪運が尽きるのが先か。

(嫌われ、避けられ、それでも人に寄り付くのが虫。その恐ろしさを味わわせてやるよ)

ビィは決着をつけるべく、疾走する。

「おら……よッ！」

「――ッ!?」

突然迫ってきた銀の矛先に、少年は目を見張った。

ビィが放った疾風の一突きは、昆虫に気を取られていた少年の死角を突くように、茂みの中から巧妙に撃ち出されていた。

簡素な槍の先端は、紙一重のところで少年の頬を掠める。

ピリッと顔の横に痛みを感じ、少年はすかさず後方へ飛び退る。

ビィは槍を引き戻し、間髪を容れずに全力の突きを放った。

反撃が来ないと分かっていれば、怖いものなどない。

たとえ爆弾が完成したところで、標的が近くにいては迂闊に使えないだろう。

おまけに膨張途中の分裂体は何もできず、本体のスライムに至っては疲弊してろくに身動きも取れないはず。

だから、今はただ前に。

見事に相手の弱みを突いたビィの策略で、少年は苦渋に顔をしかめる。

やがて二人はわずかに開けた森の広場に入り込んだ。

なおも攻防は続く。

「そらよッ！」

腰だめから放たれた槍を、少年がバックステップで躱す。

だがその瞬間、ビィが獰猛な笑みを浮かべた。

突き出した槍はそのままに、彼は持ち手の部分に仕込まれたスイッチを、カチリと押した。

刹那、バシュッ！　という音とともに、槍の穂先が勢いよく飛び出す。

それはまるで、クイーンホーネットが得意とする、【大蜂飛針】のよう。

「ぐっ――！」

少年は苦痛に声を漏らした。

後退した直後で回避が間に合わず、上体を反らすだけで精一杯だった。

しかし幸いにも、槍の狙いがわずかにずれていたため、頬を掠めた程度でやり過ごすことに成功した。

通り抜けていく刃を横目に、少年は安堵しかける。

が、すぐにその過ちに気付くと、すかさず後方に引いていた右手を背後に回そうと身をよじった。

だが、気付いたときにはもう手遅れだった。

ビィが狙ったのは、少年の体ではない。

右手に持った、膨張中の分裂スライムだ。

バアァァン！　と豪快な破裂音が響き、少年の右頬に水の塊が激しく打ちつけられた。

呆然と目を向ける彼の手の上には、すでに分裂体の姿はなかった。

分裂体の名残である水が爆散した勢いで飛び散り、雨のように降り注いでくる。

少年はそれを受け、髪と肩を濡らしながら立ち尽くす。

ビィは槍を突き出した体勢のまま不敵な笑いを漏らしていた。

狙ってくださいと言わんばかりの標的を、ビィが見逃すはずもなかったのだ。

【膨張】によってスライムが膨れ上がるたび、特大爆弾は完成に近づく。しかし完成に近づくにつれて、脆い分裂体の的はどんどん大きくなっていくのだ。

これこそ、彼が勝利を確信した最大の理由である。

ビィは体勢を戻すと、片手に槍、片手にクイーンホーネットという姿で少年のもとへ近づいていった。

無造作な蹴りを繰り出すと、少年はそれに耐える力もないようで、あえなく地面に腰を突く。

ビィは先端を失った槍の代わりに、クイーンホーネットの針を少年の額に突きつけた。

「いい線行ってたと思うぜ。スライムテイマーの分際で、ここまでやれりゃ上出来だ」

少年は何も言い返せない。

ただ地面に目を落とし、絶望に時を止めている。

「てめえの狙いに気付かず、まんまと逃げ切られてたら、俺の庭が大惨事になってたところだしな。正直、ヒヤッとしたぜぇ。だが、これで分かったか……」

ビィはひどく擦れた低い声で、少年に囁くように告げた。

「虫かごに入るのは、餌だけで充分だ」

自分の庭に〝害獣（がいじゅう）〟が立ち入ったのが許せない。

ビィはスライムテイマーの少年に対し、これ以上ないほど怒りを抱いていた。

（巣を荒された虫の怒りに、後悔しながら死ね）

ビィは針をぐっと少年の額に押し当てる。

目を細め、へたり込む少年に対し、投げやりな口調で言葉を掛けた。

「じゃあな、スライムテイマー」

幕引きの『主の声（オーダー）』を掛けるべく、ビィは口を開く。

わずかに力を残したクイーンホーネットが、主人の声を待って針を唸らせた。

周囲の昆虫たちは、迷い込んだ害獣の駆除（くじょ）を見届けようと、嬉々（きき）として目を見開いた。

――刹那。

少年は、顔を上げた。

「ライム――――!!」

【威嚇（ハウル）】もかくやという叫びに、ビィは思わず息を呑んだ。

周囲の巨大昆虫たちも一様（いちよう）に、すくみ上がっている。

いったい何を……と思う中、ビィは視界の端に〝水色の影〟を見た気がした。

振り向く直前に、上空から本当の影が落ちてくる。

その正体は……通常の五倍のサイズに膨張したスライムだった。

「なッ――!?」

やや斜(なな)め上。

明らかにこの広場を狙って飛来するそれに、ビィは顔を強張らせる。

いったいなぜ？

視線を巡らせたビィは見た。広場を囲む木々の合間(あいま)にひどく疲弊した顔でこちらを睨む、通常サイズのスライムを。

あの場所からなら、膨張スライムを投げ飛ばしてもここまで届く。

おまけに、木の葉が密集していて、ビィが立つ場所からは死角になっている。

（もしやあれが本体か？　俺はいったい、何を勘違いしていた？）

その答えを見つける前に――

「【自爆遊戯(デッドリーボム)】！」

「キュルルルゥ！」

いつの間にか広場の端に逃げていた少年が、盛大な『主の声(オーダー)』を響かせる。

直後、巨大スライムから放たれた閃光(せんこう)がビィの視界を埋め尽くしたのだった。

4

パチパチと何かが弾ける音がする。

土煙のせいで視界は不明瞭になっており、周囲の状況を把握できない。

僕は荒れた地面の上に倒れている。

直前で逃げ出したものの、予想を上回る高威力に体を攫われてしまった。

本当にとんでもなかったな、〝膨張爆弾〟のパワーは。

やがて僕は、草木が焦げる臭いに顔をしかめつつ立ち上がる。

煙で充分な視界が確保できない中でも、重い足を動かし、一直線にライムのもとに向かう。

「………ライム」

小さく呟き、しゃがみ込む。

そこには、土で顔を汚し、衰弱しきって倒れているライムがいた。

返事をせず、ただ息を荒くする相棒に手を触れて、ゆっくりと頭を撫でてあげた。

温かく、命の鼓動が伝わってくることに、僕は安堵した。

よかった。ちゃんと生きていた。

その後も絶えず手を動かし、撫で続ける。

この行為は、頑張ってくれた相棒に対する称賛ではない。

君に相応しくない未熟な主人でごめんなさい——そんな謝罪の意味が込められていた。

しかし謝ったところで取り返しはつかない。

僕がライムに下した『主の声(オーダー)』は、あまりに無慈悲なものだった。

半分になっていた体力の回復を待たず【分裂】を使わせて、また半分に……そしてそれをさらに半分にするという、明らかな〝オーバーオーダー〟だ。

一匹の分裂体を僕の手に乗せ、もう片方の分裂体をライムの頭の上に乗せる。

次いで、ライム側の分裂体を【膨張】させ、ライム本体には広場の外で身を隠してもらったのだ。

〝膨張爆弾〟を思いついたとき、それを相手に悟られずに完成させ、至近距離で当てるにはどうしたらいいかを真っ先に考えた。

大勢の敵に囲まれ、監視の目でいっぱいの中でやり遂(と)げるのは、不可能に近いと思われた。

そこで僕が考えついたのが、囮作戦だ。

主人である僕が前に出れば、必然的にこちらに敵の目が移る。

けれど僕が一人で出ていっても怪しまれるので、偽の〝膨張爆弾〟を手に乗せることで相手のミスリードを誘った。

そして手元の分裂ライムが頃合いの大きさになったところで、決着の場となる広場へと逃げ込む。

先にライム側の分裂体に【膨張】を指示していたので、手中の分裂体が未完成でも、本弾は完成しているという寸法だ。

問題は、広間に逃げるまで攻撃を回避し続けられるかどうかだったが、そこは運良く乗り切れた。

しかし、果たしてこの作戦は、僕とライムにとって最適だったのだろうか？

……いや、目の前で衰弱しきっている相棒を見たら、最適などと言えるはずがない。

むしろ最悪に近い『主の声（オーダー）』だ。

テイマーとして、僕はまだ未熟だ。

「ごめんね、ライム。僕がもっと強ければ、こんなことには……」

もっと頭がよかったら、他の作戦を思いついていた。

僕自身が強ければ、ライムに無理をさせずに済んだ。

負担の大きい【分裂】を立て続けに使用し、小さな体からは考えられない根性を見せたライムは、僕には勿体ないくらいの従魔だ。

弱々しく浅い息を繰り返すライムを、僕はゆっくりと撫で続けた。
帰ろう。帰って、早くライムを元気にしてあげて、それでたくさん謝ろう。
そんなことで許されるとは思っていないけど、そうしないと、何も始まらない。
僕は、もっと強く……
だがそこで……
ザッ！　と、土を踏む音が聞こえた。
「えっ……？」
無意識のうちに振り向くと、そこに黒い人影があった。
ボロボロになった衣服。乱れた短髪。そして、手には一本の槍。
刹那――
「がっ――！」
首に激痛が走った。
有無を言わせぬその力に、しゃがみ込んでいた体が浮き上がる。
土煙の向こうから伸びてきた手に、首を掴まれたのだ。
「やってくれたなァ、スライムテイマー」
……ビィ。
土煙の合間から、血に濡れた顔が現われた。

間近まで迫った彼の顔を見て、僕は強く歯噛みする。

まだ動けるのか。

顔を濡らす血を見る限り、ダメージは確かに入っているようだが、僕の首を掴む手は力強い。

爆発の寸前で飛び退ったのか、あるいは昆虫たちを盾にしたのか。

そうこうしているうちに、土煙が晴れてきて、広場の様子が明らかになった。

地面の所々には傷ついて倒れる巨大昆虫たちと、かなり上等な魔石が数個落ちている。

倒せた倒せなかったにかかわらず、広場の周辺にいた者は相当なダメージを受けたようだ。

その中でなおも、こいつだけは動いている。

「まさか、【分裂】を二回も使っているとは思わなかったぜ。根性あるじゃねえか、そのスライム」

ビィは僕の首を鷲掴みにして持ち上げながら、ちらりと地面のライムに目をやる。

次いで、些細な抵抗を試みる僕を無視して、周囲に視線を走らせた。

「それにしても、なんつー威力してんだよ。DランクやCランクの虫共がほぼ全滅だ。こいつらも『不正な通り道（ローグパス）』実験でそれなりにレベルが上がってるはずなんだけどよぉ……」

彼は一層、僕の首を力強く握りしめると、目元を覗き込むように顔を近づけた。

「あぁ、認めてやるよ。てめえのスライムは強い。回復なしで計三回の【分裂】に耐え抜き、それでいてまだ戦う根性があったんだからな。おまけにこの爆弾と、多種のスキル。もしかしたら〝世界で一番〟強くなるんじゃねえか？　だがな……」

低く、掠れた声が、耳元で聞こえた。

「主人であるてめえは弱い」

「――ッ！」

「従魔の性能に助けられてるだけの、俺と同じ、クソみてえなテイマーだよ！」

高らかに笑うビィのうるさい声が、広場に木霊した。

僕はただ、全身から力を抜き、呆然としていた。

……弱い。

ライムは強くて、僕は弱い。

そんなの、こいつに言われなくても理解している。

ライムをここまでひどい目に遭わせながらも、こいつ一人倒せなかった僕は、確かに弱い。

「てめえ、初めに言ったよな。モンスターは道具じゃねえって。なら、そこで転がってるスライムはなんなんだ？　てめえはそいつを道具として使ったんじゃねえのかよ⁉」

首をさらに強く締め付けられる。

けれど、別の場所に意識を持っていかれて、痛みはどこか遠いところにあるような気がした。

不意に蘇る、英雄の言葉。

——従魔よりも前に出て、代わりに戦ったことがあるのか。

僕はその問いに、何も言い返すことができなかった。

モンスターは道具じゃないと吐いておきながら、自分で戦いもせずにライムに命令していただけ。

——そんなものはただの道具……戦闘に使う武器となんら変わりはない。

大嫌いなあいつの台詞が、痛いくらい現状に合ってしまう。

自分で戦うのが怖くて、本当はライムのことを武器のように使っていたんじゃないのか。

次いで、僕自身がクロリアに言った台詞が、心に突き刺さる。

——人にできることなんて限られているし、無理に戦いに参加しなくてもいい。自分にできることをちょっとずつ探していけばいいよ。

そんなのはただの言い訳だ。

戦いから目を背けるための言い訳で、傷つくのも傷つけるのも嫌な、臆病者の考えだ。

戦う力と度胸がないから、僕はそんな台詞を吐いたんだ。

これじゃあ、野生モンスターを餌として使っているこいつらと、何も変わらないじゃないか。
失意の中、怒りを乗せた奴の声が耳に届く。
「てめえも俺らと同罪だよ、英雄気取りのクソガキがァ！」
いつの間にか刃を取り戻していた槍を、ビィは力強く突き出す。
その憤怒の一突きを、僕は虚ろな瞳で見つめていた。
……刹那。
カァン！　と、まるで予想もしていなかった甲高い音が響いた。
「……え」
目を向けると、そこには一人の少女が立っていた。
黒ずくめの衣装に包まれた華奢な体。
そんな彼女と同じくらい細身な、一本の赤いレイピア。
その一閃で、僕を貫くはずだった鋼の槍を、大きく弾き返していた。
次いで彼女は、驚きに顔を強張らせるビィを、横から蹴り飛ばす。
その拍子に奴の手が放れ、僕は痛む首を押さえて地に膝を突いた。
唖然とする僕に、彼女は黒いフードを取り払って、可愛らしい顔を向けてくれた。
「待たせちゃって、ごめんね……ルゥ」
すっかり耳に馴染んだ声。

艶やかな茶色の髪に、鼻をくすぐる懐かしい香り。

その見慣れた後ろ姿に、僕は信じられないとばかりに目を見開く。

幻覚か、幻聴か。そのどちらでもないことを確かめるように、僕は彼女の名を呟いた。

「ファ……ナ」

すると彼女――ファナ・リズベルは、いつも通り、にっこりと笑って応えてくれた。

「すぐに終わらせるからね、ルゥ」

そしてファナはビィの方に向きなおる。

不思議そうな顔で固まるビィを、鋭い目つきで睨み、右手のレイピアを力強く構えた。

どうしてここにいるんだ？

僕のことを助けに来てくれたのか？

漠然とした疑問が頭を満たす。

ギルド本部で会ったときとは打って変わって、優しい雰囲気に包まれている彼女は、間違いなくパルナ村で触れあっていたファナ・リズベルその人だった。

何よりも、僕を驚かせたのは……

「せ……やぁ！」

彼女が恐ろしく強かったこと。

怒りに顔を歪ませたビィが鋼の槍を容赦なく突き出すも、ファナはいとも簡単にそれをいなし、逆に反撃の一突きを放って巧みに牽制していた。

その横顔に恐怖や苦痛は一切感じられず、逆に有り余るほどの余裕が見て取れる。

怒りに猛るビィの攻撃を、まったく寄せ付けていなかった。

「誰だか知らねえが、よっぽど死にてぇらしいな！」

ビィのその威嚇に一切動じず、ファナは槍の突きを器用に捌く。

一歩も退くことなく、逆に距離を詰めてビィを後退させていた。

やがて……

「はぁ！」

ファナは可愛らしい声で気合を放ちながら、左下段に構えたレイピアを振り上げた。

切っ先をわざと地面に触れさせて、相手に砂塵を浴びせるように。

瞬間、ファナの持つ細剣から、凄まじい炎が迸った。

後方にいる僕のもとまで届くほどの熱気。

剣先から実体を持った突風が吹き荒れ、正面で身構えるビィに襲いかかった。

その衝撃波によって、青年の体は大きく後方へと吹き飛ぶ。

まるで、ドラゴンの翼が熱風を巻き起こしたかのようだ。

村にいたときからファナは、その男勝りな性格から、剣を用いた遊びを得意としていた。

冒険者になった後でもその才能を伸ばし続けたみたいだ。

おまけにあの武器――おそらく魔石武具――のおかげで、モンスターにも匹敵しうる強さを手に入れている。

ビィを圧倒したファナは、剣を鞘に収め、おもむろにこちらを振り向いた。

いまだ呆然とする僕を見て、唐突に〝ぷっ……〟と、この場に似つかわしくない小さな笑い声を漏らす。

「ひどい顔してるよ、ルゥ」

「えっ……？」

反射的に僕は、袖で頬を拭った。

もともと土で汚れていたけど、顔を拭いた部分はさらに黒ずんでいる。

さっきの爆発で、僕もスライムみたいに顔が汚れてしまったらしい。

ぼぉーっと汚れた袖を見ていると、不意にファナが声を落として呟いた。

「私が、叩いちゃったせい……かな」

脈絡のない言葉に、一瞬首を傾げかける。

しかし、彼女の申し訳なさそうな顔を見て、すぐにその意味を悟った。

ギルドで僕の頬を叩いたことを言ったのだ。

別に、彼女は悪くない。

あれは僕を助けるためだったと理解している。叩かれた頬っぺたも痛くはなかったし、何より今、頬が汚れているのはまったく関係ないじゃないか。

それがこの場を和ませるための彼女なりの冗談だと、遅まきながら気付き、僕は乾いた口を開いた。

「ち、違う……よ。ファナは、悪くない」

「……そっか」

なんともよそよそしいやり取りだと思った。

こんなのは、いつもの僕たちではない。

ギルドでの一幕が、影響しているのだろうけど。

それでもファナは、ぎこちない様子で僕に微笑み続けていた。

まだどこか朦朧とする中、僕もファナと同じように、ぎこちなく顔を綻ばせた。

——刹那。

「……ハハッ！」

ファナの後方から、短い笑い声が聞こえた。

見ると、そこには片膝立ちで槍を構えるビィの姿があった。

ぞくっと戦慄が走るのと同時に、僕はファナを押しのけて前へと出る。

「ファナ——！」

槍の先端がこちらに向いているのを見て、とっさに体が動いてしまった。

奴が持つあの槍も、たぶん魔石武具だ。

従魔のクイーンホーネットが放つ【大蜂飛針（ワスプスティング）】を再現する仕掛けがある。

ファナはそれについて知らない。

だからこそ僕は彼女を庇うように前に出て、木剣を引き抜いた。

ファナなら大丈夫だったかもしれない。

すかさず振り向いて刃を弾き、今度こそビィに止（とど）めの一撃を入れたはずだ。

しかしそうと分かっていても、僕は体を止めることができなかった。

これは僕の意地だ。

ライムにひどい『主の声（オーダー）』を掛け、そのくせ敵を倒すことができなかった僕の、せめてもの意地。

世界で一番強い従魔の主人として、幼馴染の女の子に庇われてばかりなんて、絶対にあってはいけないから。

だから少しでも、ライムのように、ファナのように、強くならなくちゃいけない。

バシュッ！と空気が漏れる音とともに、ビィが槍の先端を射出した。

僕はお守り代わりの木剣を手に、ファナの前に立つ。

迫る刃に背を向けず、しっかり目を見開いて剣を振った。

次の瞬間。

ガガッ！　と手に衝撃が伝わり、僕は歯を食いしばる。

恐れずに前へと踏み込み、そのまま木剣を勢いよく振り抜いた。

甲高い音とともに刃が弾ける。

高く舞った槍の先端を見たビィは、そこで体力を使い果たしたのか、ばたりと地面に倒れた。

そして僕も、頭の芯がキーンと鳴り、爆発で荒れた地面に崩れ落ちた。

ビィほどではないにしろ、爆発の余波でダメージを受けていたらしい。

朦朧とする意識の中、慌てるファナの顔が目に映る。

まだ、話したいことがたくさんあった。

黙って一人で村を出て行ったことや、頬を叩いたことについて、文句の一つでも言ってやりたかった。

僕はまだ、言いたいことを何も言えてない。

だけど、そんな意思とは関係なく、意識は薄れていく。

やがて僕の名を叫ぶファナの声に交じって、違う女の子の声が聞こえているのを意識しながら、僕はゆっくり瞼を閉じた。

5

優しくて甘い香りが、鼻をくすぐった。

ぼんやりする意識の中に、温もりがすぅーっと溶け込んでくる。

体を包み込む柔らかな感触と相まって、とても起き上がる気力は湧いてこなかった。

それでも僕は、なんとか重い瞼を開ける。

最初に目に入ったのは、焦げ茶色にくすんだ木の天井だった。

ずいぶん年季が入っているように見える。

次いで、寝転がる自分の体に目をやる。

体を包んでいた柔らかなもの——真っ白な毛布が確認できた。

背中に感じる弾力から、おそらくベッドに寝転がっているのだと思われる。

最後に僕は、視線を横に振ってみる。

するとそこには、黒髪おさげを両肩に垂らした、童顔の少女がいた。

心細いのやら悲しいのやら、木製の丸椅子に腰掛けて、膝上のハピネススライムに目を落としている。

僕は思った以上に乾いている唇を動かして、声を掛けた。

「クロ……リア？」

あまり広くない部屋なのか、やけに声が響く。

パーティーメンバーであるクロリアが、はっと顔を上げた。

「ル、ルゥ君⁉　大丈夫ですか⁉」

「う、うん。なんとか」

僕は苦笑しながらそう答えて、重い体を無理に起こす。

心配そうに顔を覗き込んでくるクロリアとミュウに小さく笑いかけて、視線を彷徨わせた。

ここはどこなんだろう？　僕はどのくらい眠っていたのだろう？

あの戦いは、どうなったのだろう？

たくさんの疑問が浮かぶ中、僕はまず、一番大事なことについて目の前のクロリアに聞いた。

「……ライムは、どこ？」

すると彼女は、意表を突かれたようにきょとんと目を丸くする。

次いで柔らかな笑みを浮かべると、なぜか声を小さくして、僕が掛けている毛布を指差した。

「ここにいますよ」

「……？」

今度はこちらが目を丸くする番だった。

そっと毛布の中を覗き込んでみると、僕の体に寄り添って眠る、可愛らしい相棒の姿が見えた。

声には出さず、大きく安堵の息をつく。

よかった。思ったより元気そうだ。

傷も癒えているみたいだし、もう心配はいらないかな。

不思議とあまり心配していなかったけど、改めてライムの無事を確認できて、僕は胸のつかえがすっかり取れた。

その嬉しさから、ライムを起こさないようにそっとなでなでして、僕はようやく次の質問に移る。

「えっと……ここはどこ？」

怪訝な目で部屋の中を見渡す僕に、クロリアは申し訳なさそうに答える。

「テイマーズストリートの治療院……だったらよかったんですけど、お金がなくて、安い宿屋を取りました。その一室です」

「……そ、そう」

まあ、なんとなくそんな気はしてたから、別に構わないんだけど。

ぼんやり部屋を眺める僕を見て、彼女は慌てて補足する。

「で、でも、ルゥ君とライムちゃんの怪我はちゃんと治しましたから、安心してください」

「う、うん。ありがとう」

そう言われて、僕は自分の体を見回した。

確かに、所々に負っていた傷は完治しているようだ。

回復魔法が得意なミユウとクロリアのおかげで、ライムも完治しているみたいだし。

ただでさえ手持ちが少ない中、無理に治療院に入るより、こうして彼女たちに治療してもらえてよかったのかも。

なんて事務的な考えを巡らせながら、僕はベッドの脇に立てかけられていた木剣に目を移す。

あの戦いのことが思い出され、たとえようのない思いに駆られた僕は、人知れず唇を噛みしめる。

聞きづらさを押して、クロリアに質問した。

「そ、それで、あいつは？」

「えっ……？」

言葉足らずな僕の問いに、彼女は一度首を傾げたものの、すぐにその意味を悟って答えてくれた。

「あの人は、牢獄送りになりましたよ。先に逃げていた他のメンバーの方々も、ギルドの人たちが捕らえました。これから組織についての情報を聞き出すそうです」

「……そう」

それなら……よかった。

ビィだけではなく、他の連中も捕まえているとは思わなかったけど、無事に終わっていて何よりだと思う。

さすがはテイマーズストリートのギルド本部だ。

頭の奥にはまだ奴らの笑い声がこびりついているけど、牢獄に入ってしまったら、もう悪さはできまい。

じきにモンスターのスキルを使った入念な取り調べも行なわれることだろうし、『野生モンスターのレベル変動事件』──いや、『ローグパス事件』については、これで決着したと見ていいかな。

「………いや」

僕はそこで、自分の考えに首を横に振る。

そういえば、あの集団のリーダーを務めていたビィという男は、あそこにいるメンバーが組織のすべてではないと言っていた気がする。

人々のために善意のモンスター研究を行なう集団、『モンスタークライム』。

実際は人々のためでも善良でもなくて、自分たちのためだけに悪質な研究をしている集団で、ビィたちの『虫群の翅音（インセクターズ）』は、その下部組織のうちの一つらしい。

彼らは上層部の命令で『不正な通り道（ローグパス）』実験を行なっていたという。

なら、その上の奴らこそが、『モンスタークライム』という組織の根幹（こんかん）じゃないのか。

そいつらを止めない限り、きっとまたこういう事件が起きるに決まっている。

悪意はまだ消え去ってはいないのだ。

きっとまた奴らとぶつかることになるだろうと思い、僕は気を引き締めた。

クロリアはそんな僕を労わるように、柔らかい声で話をしてくれる。

組織の隠れ家の前で僕とライムと別れた後、彼女たちはすぐに街に戻って助けを呼びに行ってくれたそうだ。

そしてギルドに駆け込み、頑張って受付の人に事情を説明していると、たまたま近くにいた『正当なる覇王（フェアリーロード）』の人たちが、すかさず森に向かったらしい。

どうやら彼らがテイマーズストリートに滞在（たいざい）していた目的は、あの『モンスタークライム』という組織に対する警戒のためだったようだ。

テイマーズストリートでは最近、ミークベアと同様の『従魔暴走事件』が度々起きていて、組織の動きが目立っていた。それで『正当なる覇王(フェアリーロード)』の面々は街の近くにアジトでもあるのではないかと監視の目を光らせていた、というわけだ。

そこにクロリアの話があって、すぐさまクリケットケージへ向かってくれたらしい。

彼らの他にもいくつかのパーティーの人たちを連れて、クロリアが道案内をしていると、隠れ家まであと少しというところで大爆発が見えたそうだ。

間違いなく、ライムの〝膨張爆弾〟だ。

それを見た途端、ファナが一人で森の奥へと駆けだしてしまったそうで、クロリアたちが着いたときには――全部終わっていた、ということらしい。

そこまで聞いた僕は、自分がどれほどの人たちに迷惑を掛けていたのかを実感し、しばし口を閉ざした。

自分の弱さや愚(おろ)かさを、遅まきながら気付かされる。

密かに落ち込む僕に、クロリアが場の空気を和ませようと明るい調子で話を続けてくれた。

「さすが、テイマーズストリートに住む凄腕冒険者たちですよね。手早く組織のメンバーたちを捕まえたり、凶暴な昆虫モンスターたちを退治してくれたり。怯える温厚な野生モンスターも保護して、後始末は全部やってくれたんですよ。気を失っているルゥ君とライムちゃんをここに運んでくれたのも彼らです」

彼女の幼い声を聞きながら、僕はぼんやりと両手に目を落とす。

「無事に事件が終わって、本当によかったですよね。奇跡的に死者も出なかったみたいですし。……まあ私は、助けを呼んでくることしかできませんでしたけど」

あはは……と、どこか無理をしている笑い声が、狭い部屋の中を満たす。

彼女に気を遣わせて、こんなことを言わせてしまっているのは申し訳ない。

そろそろ話題を変えなきゃ。そう思った矢先……

不意に、クロリアの真剣な声が僕の耳を打った。

「どうして、勝手に戦ったりしたんですか」

「えっ……」

驚いて見ると、彼女は先ほどの笑みが嘘だったかのように、悲しそうな表情を浮かべていた。

……勝手に戦った。

たぶん、組織の隠れ家の前で別れた後のことを言っているのだろう。

あのときクロリアは何か言いたげな様子で僕を見た後、〝一人で大丈夫ですか〟と聞いてきた。

そして最後に念を押すように、〝危ない真似はしないでください〟と言い残した。

それなのに僕は、彼女との約束を破って一人で組織に喧嘩を売った。

その件で文句があるらしい。

クロリアは口を固く結び、目を伏せながら時折こちらに視線を向ける。

膝上のミュウは、主人の様子を心配そうに見上げていた。

僕は何も言葉が出ず、沈黙を続けていた。

やがて、少女の声が静寂を破る。

「私が助けを呼びに行ってる間に、なんで勝手に無茶をしたんですか。見張るだけって言ったのに」

「そ、それは……」

怒りが込められている声音に、僕は思わず言い淀む。

それでもなんとか一拍置いて、言い訳がましく説明した。

「し、仕方がなかったんだよ。あいつらに襲われそうになっている野生モンスターが見えたからさ」

「それでも、私が戻ってくるまで待っていることはできなかったんですか。すぐに戻るって言ったじゃないですか。事実、そこまで遅れたつもりはありません」

「えっ……と」

反論のしようがなく、僕は黙り込んでしまう。

彼女が怒るのももっともだ。

自分がいないところで勝手に話を進めて、戻ってきたら全部終わっていた。何もできなかった自分と、何もさせてくれなかった僕に対して、やり場のない怒りを覚えている。

でも、僕にだって仕方がないという気持ちがあった。あいつらがいつベビールージュに危害を加えるか分からなかったし、クロリアたちが戻ってくる時間も予想できなかった。

けれど、そんな言い訳を長々と口にする気も起きず、黙り込んでいると、クロリアが一層沈んだ声で不満を漏らした。

「パーティーメンバーだって、言ったのに」

「……」

——パーティーメンバーなんですから、当然です。危険な目に遭うときは一緒に、ですよ。

彼女のそんな台詞が脳裏に蘇った。

そういえば、ミークベアが暴走してそれを止めたときも、彼女は同じように怒っていた。

どうして騒ぎを知らせずにライムと二人で戦いに挑んだのか。

彼女たちに応援を頼んでいたら、もっと簡単に騒ぎを収められていたはずだと、自分でも反省したはずだ。

あのとき同様、彼女は怒っている。

そして僕も、クロリアたちがいればライムをあんな目に遭わせることはなかったのだと、再び猛省した。

ベビールージュを助けるためだったとはいえ、本当に危ない真似をしてしまった。自分の弱さも知らずに。

そう思い、素直に頭を下げた。

「……ごめんなさい」

今の謝罪は、クロリアとミュウだけに向けたものではない。

当然、横で眠るライムにも抱いている気持ちだ。

衰弱しきった相棒の姿を思い出し、目を伏せていると、頭にポンと柔らかい感触が乗っかった。

驚いて確かめると、それはクロリアの温かい右手だった。

彼女は精一杯に手を伸ばして寝癖のついた髪をとかすように撫でてくれる。

彼女が僕を慰めてくれているのだと分かり、思わず瞳の奥が熱くなった。

彼女は囁く。

「もう危ない真似は、絶対にしないでください」

「……」

「私たちは、お互いにまだまだ未熟者ですけど、欠点を補い合えば充分戦えます。それに、これからですよ。少しずつ強くなっていきましょう」

どこかで聞いたような台詞だと思った。

そしてクロリアはすべてお見通しなのだと、今さら気がつく。

僕は心のどこかで、焦りを覚えていたのかもしれない。

とある宿でファナのサインを見つけ、ギルド本部で英雄に侮辱を受けた。

色々な出来事が僕のテイマーとしての気持ちを煽り、つい暴走してしまったのだと思う。

思い返せば、組織の一人を追っているとき、クロリアはあまり乗り気ではなかった。

早く街に帰りたがっていて、それでも僕は無理に捜索を続けた。

偽物の英雄を見せられ、本物の英雄に近づこうとして、目の前の大きな事件に首を突っ込んだんだ。

でもそれは間違っていた。

クロリアは傍(そば)で見ていて、それに気付いていた。

だからこそ、少しずつ強くなろうと言ってくれたんだ。

僕は再び、ごめんなさいを言うように、小さな頷きを返した。

「……うん」

——もっと、強くなりたい。

今度はちゃんと、ライムや他の仲間たちを守りたい。

もう、誰にも負けたくない。

その決意を示すため、わずかに濡れた瞳を上げて、クロリアに告げた。

「僕、もっともっと強くなるから。誰にも負けないくらい強く、みんなを守れるくらい強くなるから。だからまた、僕と一緒に戦ってくれないかな？」

すると彼女は目を丸くして、僕の頭から手を離す。そしてぎゅっと胸の前で握ると、逆にこちらが微笑んでしまうくらい嬉しそうな笑みを浮かべて、大きく頷き返した。

「はい！」

元気の良いクロリアの返事に、膝の上のミュウも負けじと鳴き声を上げる。

そして隣で気持ちよさそうに寝息を立てているライムは……少しだけ、体を寄せてくれたような気がした。

あとがき

この度は文庫版『僕のスライムは世界最強2』をお手に取ってくださり、誠にありがとうございます。作者の空水城です。

さて、今回のテーマを一言で申し上げますと、ずばり『挫折』です。

第一巻の冒頭から、従魔に最弱のFランクモンスターのスライムを召喚したり、幼馴染の女の子ファナと酷い別れ方をしたりと、すでに挫折しまくりだった主人公ルゥですが、第二巻では、さらに大きな挫折を味わうことになります。

というのは、本作のタイトル通り、ルゥの生涯の相棒となるスライムはチートスキル『捕食』を持っているため、世界最強のモンスターになれる可能性を秘めています。けれども、その一方でルゥはどうでしょう？　敵との戦闘において、頭の中では緻密な作戦を立てはするものの、実際には自ら剣や拳を振るうことをせず、従魔のライムにあれこれと命令を与えることしかできません。あくまでも戦うのは相棒のモンスターであり、ルゥは非力な一般人にすぎないのです。

その事実を他人から突き付けられ、自分の無力さを痛感する、というのが今巻の肝となっています。

もっとも、戦闘シーンにおいては従魔が活躍する反面、主人公は相棒のモンスターにおんぶに抱っこ、という展開はテイマーものの作品の宿命でもあり、避けては通れない道でした。そもそも、この世界で生きる人々の日常生活が、様々なスキルを持つ従魔によって支えられているので、それは当然といえば当然なのですが……。

とはいえ、バトルものの作品でもあるため、主人公を従魔に指示を飛ばすだけの存在にはしたくありませんでした。そこで、絶体絶命のピンチに陥りつつも、その逆境を自らの弱さを自覚することで乗り越えていくルゥの姿を描こうと思ったのです。

テイマーとしての葛藤に直面しつつも、必死に強くなろうと奮闘する主人公の成長を楽しんでいただけますと幸いです。

最後になりますが、読者の皆様をはじめとして、この度も、本書の刊行にご尽力くださった関係者の皆様、素晴らしいイラストをお描きくださった東西様には深く感謝いたします。

それではまた、次巻でも皆様とお会いできれば嬉しいです。

二〇二〇年二月　空水城

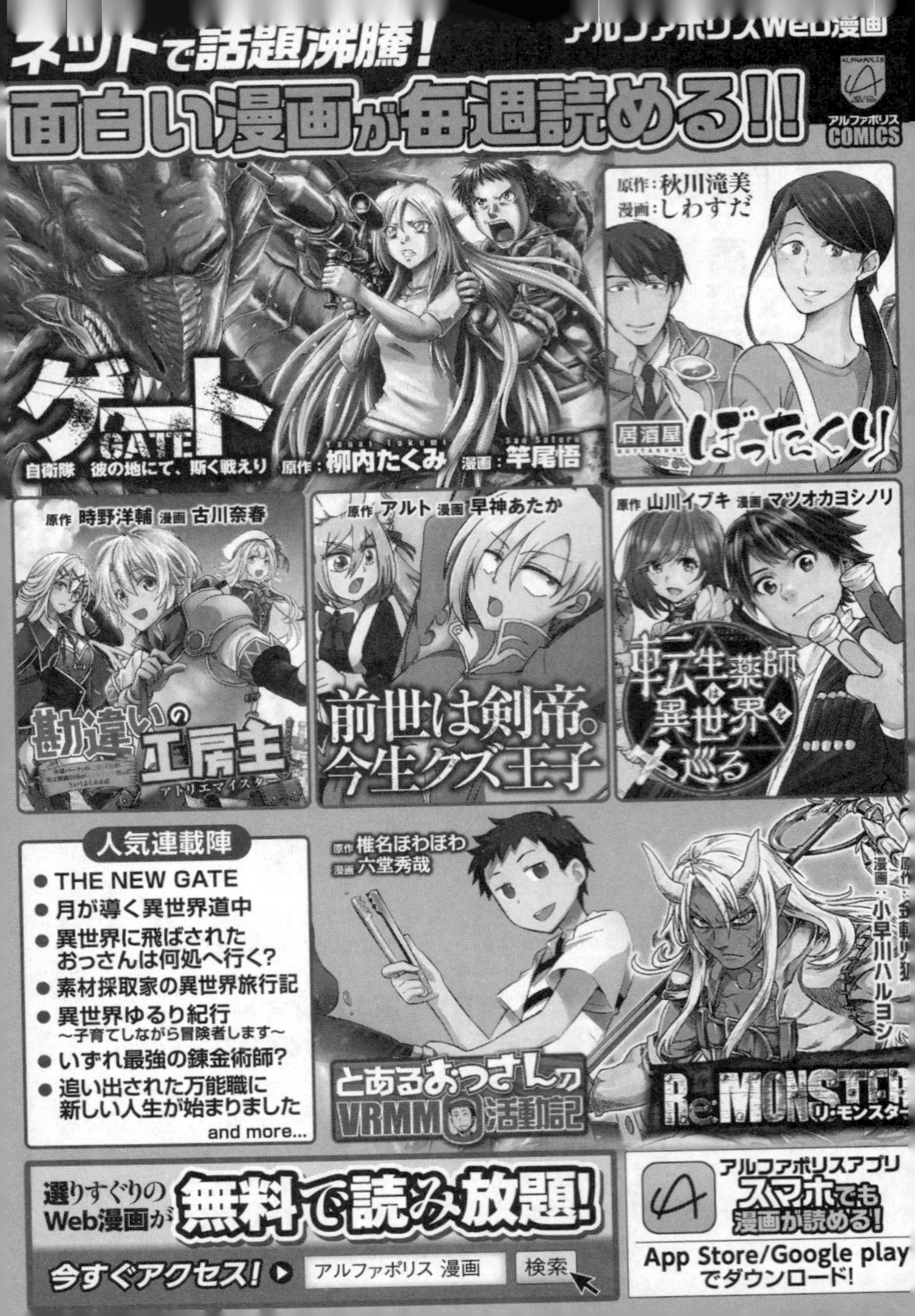

アルファライト文庫

この作品に対する皆様のご意見・ご感想をお待ちしております。

おハガキ・お手紙は以下の宛先にお送りください。

【宛先】

〒150-6008 東京都渋谷区恵比寿 4-20-3 恵比寿ガーデンプレイスタワー 8F
（株）アルファポリス　書籍感想係

メールフォームでのご意見・ご感想は右のQRコードから、
あるいは以下のワードで検索をかけてください。

ご感想はこちらから

アルファポリス　書籍の感想　検索

本書は、2017年12月当社より単行本として
刊行されたものを文庫化したものです。

僕のスライムは世界最強 ～捕食チートで超成長しちゃいます～ 2

空水城（そらみずき）

2020年 4月 24日初版発行

文庫編集－中野大樹／篠木歩
編集長－太田鉄平
発行者－梶本雄介
発行所－株式会社アルファポリス
〒150-6008東京都渋谷区恵比寿4-20-3恵比寿ガーデンプレイスタワー8F
TEL 03-6277-1601（営業） 03-6277-1602（編集）
URL https://www.alphapolis.co.jp/
発売元－株式会社星雲社（共同出版社・流通責任出版社）
〒112-0005東京都文京区水道1-3-30
TEL 03-3868-3275
装丁・本文イラストー東西
文庫デザインーAFTERGLOW
（レーベルフォーマットデザインーansyyqdesign）
印刷－株式会社暁印刷

価格はカバーに表示されてあります。

落丁乱丁の場合はアルファポリスまでご連絡ください。

送料は小社負担でお取り替えします。


ISBN978-4-434-27311-7 C0193